데이트 어 라이브 프래그먼트

데이트 어 불릿 8

DATE A LIVE FRAGMENT DATE A BULLET 8

"이제부터 죽기 살기로 싸울 건데, 그래도 소중히 여길 거야?"
쿠루미의 옛 친구―야마우치 사와

"설령 그럴지라도, 저는, 그것이 소중하답니다."
정령―토키사키 쿠루미

".............쿡."

"당신의 감상을 듣고 싶군요."

당신이 없었다면, 저는 옛날옛적에 관뒀겠죠.
그 애가 없었다면, 저는 옛날옛적에 사라졌겠죠.
그러니, 절반은 그 아이를 위해서.
남은 절반은, 당신을 위해서랍니다.
전하고 싶은 게 너무 많아서.
절반이라도 전할 수 있을지 걱정이지만.
그래도, 그저 이렇게 만난 것만으로도
기쁘기 그지없답니다.

"예배당에서 기다리고
있답니다, 라고
전해달라는군요."

DATE
데이트
A
어
BULLET
불릿
08

글 : 히가시데 유이치로
원안 · 검수 : 타치바나 코우시
그림 : NOCO
옮긴이 : 이승원

─쭉, 좋아했어요.
─쭉, 그 마음 덕분에 뭐든 극복할 수 있었어요.
─그 감정을 숨기고 싶어서, 밝히고 싶어서, 외치고 싶어서,
마음속 깊은 곳에 넣어두고 싶어서, 참 고생이었어요.

─그것을 사랑이라고 사람들은 부르고, 그것을 애정이라고
누군가는 부르겠죠.
─나는, 저는, 그것만으로 살아왔어요.
─그것만이, 살아갈 원동력이었어요.

─사랑에 살고, 사랑에 죽는다.
─애정에 죽고, 애정에 산다.
─그랬다면, 얼마나 좋았을까요.

─끝을 알리는 원무곡(월츠)이 들려온다.
─그것은 사랑과 탄환과, 피와 우정의 노래.
─그 이름은,

데이트 어 라이브 프래그먼트

데이트 어 불릿 8

DATE A LIVE FRAGMENT 8

SpiritNo.3
AstralDress-NightmareType   Weapon-ClockType [Zafkiel]

○프롤로그

■창

【핼버드를 빙글빙글 돌리고 있다. 나를 눈치채고 고개를 돌리더니, 어리둥절하다는 듯이 고개를 갸웃거린다. 인터뷰란 말을 듣고 더욱 고개를 갸웃거렸다.】

인터뷰? 뭔데? 이야기하면 돼? 너한테? 뭘? 질문할 테니, 대답하라는 거야? 왜 그래야 하는데? ……뭐, 좋아.

우선 이름을 말해주세요.

응. 창. 푸르다는 의미. 멋져. 나도 마음에 들어.

경력을 이야기해주겠어요?

나는— 인계(隣界)에서 깨어났어. 이름 말고는 건너편^{현실} 세계의 기억은 없어. 정신을 차리고 보니 손에 핼버드를 쥐고 있었고, 싸우는 게 사명이라고 자각했어. 하지만 처음에는 무서워서, 겁을 집어먹고 도망만 다닌 걸로 기억해.

13

용케 살아남았군요~.

사부…… 카가리케 하라카가 나를 거둬서 길러줬어. 나는 싸움에 재능이 있었고, 싸우는 걸 좋아해서, 별문제 없이 내 인생을 걸어갈 수 있었어.

이런 걸 묻는 건 좀 그런가~ 싶긴 한데 말이죠. 싸우면서 상대를 해치우는 게 주저되진 않나요?

……딱히 없어. 목숨을 구걸하면 살려줬고, 안 그런다면 상대를 없앴지. 나는 내 목숨을 베팅하고, 상대는 자기 목숨을 베팅하고 대결을 벌였어. 목숨을 빼앗는 것은 큰일이지만, 그것이 내 삶의 양식이야. ……그렇게 생각하니, 나는…….

왜 그래요?

아무것도 아냐. 아무튼 나는 멀쩡했어. 영원히 싸울 수 있는 천국, 북유럽 신화의 발할라. 나는 거기에 있다고 느꼈어. 나는 무적이라고 생각했거든. ……토키사키 쿠루미와 만나기 전까지는, 말이야.

쿠루미 씨는 어땠나요?

토키사키 쿠루미는 정령이고, 나는 준정령. 하지만 신체 스펙은 그렇게 차이 나지 않았어. 탄환의 속도도, 못 피할 정도는 아냐. 만약 전설 속의 정령처럼『그저 재앙을 흩뿌릴 뿐인 현상』이라면 나는 패배에 납득했을 테고, 뭣하면 도망쳤을 거야. 하지만 그녀는 그렇지 않았어. 굴욕적이었던 건 그 점 때문이야. 나는 작전에 졌고, 전술에 졌으며, 지혜 대결에서 진 끝에, 싸움에서 졌어. ……종이 한 장 차이의 싸움에서, 졌어. 뭐, 엄밀히 따지자면 히고로모 히키비가 토키사키 쿠루미의 힘을 쓰고 있었던 거니까 노카운트지만 말이야.

하하하, 아하하…… 그건 넘어가죠.

하지만 아마 토키사키 쿠루미 본인과 당시의 내가 싸웠어도…… 결과는 같았을 거야. 토키사키 쿠루미는…… 절대 최강은 아냐. 적어도 힘은 내가 더 세고, 접근전도 내가 더 뛰어나다고 자부해. 하지만, 싸우면 **지고 말아.**

어째서죠?

방대한 전투 경험, 무기의 특징을 완전히 파악해서 펼치는 전술, 여러 가지가 있지만…… 결국, 그녀의 생존본능이 랄까 목적의식에 이기지 못하는 거라고 생각해. 나는 체감한 적이 없지만, 『기억 속의 그대』나 『왕자님』이라고 부르던가? 아무튼 토키사키 쿠루미는 그 사람을 만나러 가는 거잖아? 개인적으로는 추천하고 싶지 않지만 말이야. 즉, 그것 때문에 진 것 같아.

즉…… 사랑의 힘으로 이겼다, 같은 건가요?

……사랑……. 사랑은…… 잘 모르겠지만, 아마 그런 것 아닐까. 나도 누군가를 사랑하게 되면, 그런 힘을 손에 넣을 수 있을까. 아니면, 그런 생각을 하니까, 누군가를 사랑할 수 없는 걸까.

그건 알 수 없어요. 사랑의 형태 같은 건 준정령[사랑]마다 다른 걸요. 그런데, 슬슬 질문을 바꿔도 될까요? 좋아하는 것이나, 싫어하는 것을 묻고 싶은데요.

좋아하는 건 싸움, 싫어하는 건 패배. 그것 말고는 딱히 없어. 아이돌 활동은…… 뭐, 조금은 좋아해. 〈천성랑(天星狼)[라일랍스]〉의 손질은 꽤 좋아해.

으음, 취미랄 만한 취미가 없는 느낌이네요. 아, 10년 후의 자신에게 보내고 싶은 메시지 같은 건 있나요?

10년 후의 자신······. 나에게. 나는 싸우고 있을까? 싸우고 있지 않다면, 꼭 싸우도록 해. 그게 내 소망이야.

그럼 마지막 질문이에요. 창 씨. 당신은— 앞으로, 뭘 하고 싶나요?

나는, 여행을 떠나고 싶어. 그런 꿈을 꿔. 즉, 그런 거야. 히고로모 히비키도 같이 갈 거지?

뭐, 일단은······.

걱정하지 마. 너는 죽여도 안 죽어. 내가 보증해.

되게 짜증 나는 보증이네요!

■사가쿠레 유이

【사카구레 유이는, 자기와 같은 모습을 지닌 존재와 서로를 조율하고 있다. 그녀는 인형이며, 양산됐지만······ 준정령

과 같은 능력과 준정령에게 버금가는 사고 레벨을 지녔다. 그거, 꽤 대단한 일 아닌가요?】

으음…… 인터뷰, 입니까? 저와는 인연이 없는 단어입니다만……. 인터뷰를 하더라도 무슨 말을 하면 좋을지 모르겠군요. 질문에 대답하면 될까요? 네, 알겠습니다. 그런 거라면 응하겠습니다. 인계의 기밀에 관한 것만 아니면 문제없습니다. 아, 인계의 기밀도 이제 괜찮으려나요. 괜찮겠군요. 뭐든 물어봐 주시길.

우선 이름을 말해주세요.

사가쿠레 유이, 라고 합니다. 예전에 제7영역의 지배자였던 사가쿠레 유리의 여동생……을 모방해 만들어진, 인조 준정령으로 정의하면 될까요. 편의상, 사가쿠레 유리 님을 언니라고 부르고 있습니다. 저는 언니에게 만들어진 존재이며, 기묘하게도— 혹은 당연하게도, **대량 생산**됐습니다. 언니의 동생에 대한 편애는 형식적이었던 건지, 혹은 비틀린 사랑이었던 건지는 인조적인 존재라 모르겠습니다. 하지만, 저는 쓰고 버려지는 존재로서 태어나지는 않았습니다. 저는 다른 사가쿠레 유이와 동기화해서, 정보를 주고받는 게 가능합니다.

19

……아, 그러고 보니 토키사키 쿠루미는 분신을 만들 수 있었죠. 그녀도 비슷한 게 가능한 것으로 압니다. 동기화는…… 할 필요가 없다? 그런 총탄을 소유하고 있다? 편리하군요…….

예전의 제 임무는 이 인계의 정보를 모으는 것이었습니다. 혹은 불필요, 방해, 장애가 되는 준정령을 말살하는 것이었죠. 뭐, 정보 수집은 몰라도 말살은…… 그리 잘 풀렸다고 보기 힘들겠습니다만…….

어? 왜요?

저의 센스, 사고능력, 감정, 윤리관은 원래의 사가쿠레 유이에게 준거합니다. 그에 따라, 저기, 전투에 관한 재능이— 풍부하다고는 할 수 없는 수준이었죠. 저의 무명천사, 영장^{드레스}에서 얻은 능력을 포함해도, 역시 저는 첩보 전문이라고 생각합니다.

여자 닌자 같기도 하고요.

어째서 닌자인 걸까요? 저 자신에 관한 것이지만 잘 모르겠습니다. 하지만, 저는 저라는 존재가 꽤 마음에 듭니다.

언니에 관해 물어봐도 될까요?

제 언니가 망가졌던 건지 묻는다면, 긍정할 수밖에 없겠죠. 저기…… 토키사키 쿠루미가 쫓고 있는『이름 없는 그대』. 머나면 세계의 인간을 사랑하게 되면서 말입니다. ……건너편 세계에 가고 싶었던 거겠죠. 그러기 위해 모든 것을 배신하는 행위는 죄라고 할 수 있겠습니다만— 그 동기를 이해해주고 싶습니다.

그렇군요. 좋아하는 것과 싫어하는 것을 물어봐도 될까요?

좋아하는 것은…… 명상과 독서입니다. 싫어하는 것은 딱히 없습니다만…… 아, 하나 있습니다. 언니의 억지를 실현하느라 우왕좌왕하는 겁니다. 하지만 이제는 그 우왕좌왕도 그립군요.

취미가 독서라고 했는데, 어떤 장르를 선호하나요? 역시 연애소설인가요?

뭐가 역시, 라는 건지는 모르겠습니다만 아닙니다. …………아무한테도 말하지 않겠다고 약속해주시겠습니까? 한다고요? 정말인가요? 그럼, 고백하겠습니다. 아이돌입니다. 아이돌의 열혈 청춘 성공 소설입니다. 키라리 리네무의 입신출세를 소설로 만든 『키라링 혁명』(저자:하즈밍IOB)는 정말 최고죠. 그거, 역시 키라리 씨가 쓴 걸까요?

 본인이 쓴 건 아니지 않을까요……. 애초에 작가 이름이…….

 아이돌은 정말 좋습니다. 찬란히 빛나고…… 노래도 잘하는 데다…… 춤도 잘 추죠……. S랭크 아이돌은 예술 그 자체입니다……. 반오인 미즈하 씨와 키라리 리네무 씨의 원나잇 온리 유닛은 최고였어요…….

 오, 오오. 뜻밖의 취향이 마지막에 와서 드러났네……. 그건 그렇고 장래라고나 할까, 좀 이상한 질문이지만요. 앞으로, 뭘 하고 싶나요? 10년 후의 자신에게 보내는 메시지 같은 느낌으로 답해주셨으면 해요.

 뭘 하고 싶나, 인가요. 저는 이미 정해졌습니다. 이 인계에 남아서, 이 세계가 계속 유지되도록 도울 생각입니다. 언니가 사라졌으니, 아마 저희는 유지 보수 문제로 서서히 줄어들 테니까요.
 하지만, 그걸로 됐다고 생각합니다. 10년 후의 저에게 보내는 메시지…… 으음. 10년 후에 제가 남아 있을지 알 수 없으니까요. 그냥 보류하겠습니다. 살아있다면 러키 정도로 생각하고 싶군요.

유이 씨는, 현실에 가고 싶지 않나요?

딱히 없습니다. 저에게는 건너편 세계의 기억이 없고, 미련 같은 것도 없습니다. 애초에 저란 존재가 현실에서 살아갈 수 있을지도 의심스러우니까요. 저 이외의 살아남은 사가쿠레 유이 또한, 의견이 일치합니다. 저희는 현실에 **가선 안 된다**, 는 쪽으로요.

……아, 맞아요. 지금 이 시점에도 마찬가지군요. 가선 안 된다고, 저는 방금 말했습니다. **돌아가선 안 된다**가 아니라 말이죠.

역시 저는— 이쪽 세계의 주민이라고 생각합니다.

【사가쿠레 유이 씨는 그렇게 말하더니, 미소인지 쓴웃음인지 알 수 없는 안타까운 표정을 지어 보였다. 달관, 적막이 감도는 표정이었다.】

조금 아쉬운 건, 인계가…… 조금, 쓸쓸해질 거라는 건 틀림없다는 거군요.

■키라리 리네무

【키라리 리네무 씨는 망설이는 일이 없다. 이쪽을 보자마자, 환한 미소를 지으며 다가왔다. 뒤편에서는 반오인 미즈하 씨가 키라리 씨와 나를 지그시 쳐다보고 있다. 투명한 눈빛에는 숨길 수 없는 열기가 어려 있었다. 으음. 내가 이런 말을 하는 것도 좀 그렇지만, 지나치게 좋아하는 거 아냐?】

잠시 실례해도 될까요~?

그래~. 뭔데? 인터뷰? 오케이~. 문제없어! 테마는 뭐야? 내 신곡에 관해서야? 아직 공개하지 말란 말을 들었지만, 히비킹한테라면 들려줄게!

아뇨, 그리고 컴플라이언스한테 대놓고 시비 거는 짓 좀 하지 말아주세요. ……이미 짜증 날 정도로 잘 알지만, 일단 이름부터 말해줄래요?

나? 키라리 리네무. 나이는 열여섯 혹은 열일곱 정도? 스리 사이즈는 비밀이야. 그래도 꽤 자신 있는 편에 속할걸~? 취미는 아이돌, 특기는 아이돌, 좋아하는 것은 아이돌, 그리고 노래하는 것도 포함이거든? 아, 맞다. 그때는 정말 고마웠어!

오, 오, 오오. 노도처럼 쏟아져나오는 자기소개……. 다음은 말이죠.

인계에서는 피치 못하게 싸워야만 할 때가 있지만, 싸울 수 없다고 해서 열등감을 느낄 필요는 없다고 나는 생각해. 세상이란 그것만으로는 돌아가지 않는다고 생각하거든. 다행히 그런 내 생각에 찬성해주는 준정령들도 늘어났고……
제9영역은 싸우지 않는 영역이라는 걸 다들 이해해줬어.
<small>예소드</small>

저기, 죄송한데요. 우선 제 질문을,

하지만 말이지. 요즘 들어 여러모로 좀 그래. 컨디션이 안 좋은 것도 아니고, 뭐든 잘 풀리고 있어. 잘 돌아가고 있어. 잘 되고 있어. 완전 순조롭거든? 하지만 그건 나와 미즈하보다 뛰어난 아이돌이 나타나지 않았다는 의미야. 1년 히트 차트의 단골로 자리하는 건, 퇴화나 제자리걸음 같지 않아? 물론 신곡은 내고 있어. 낼 때마다 1위를 차지해. 하지만, 뭐랄까…… 좀이 쑤신다니깐!

제 말 좀 들으세요~! 뭐, 제가 원하는 이야기를 해주고 있으니 됐지만요!

그래. 그래서 나는 생각해. 갈 수 있다면, 확 가버리는 것도 괜찮겠다고 말이야!
내가 없더라도, 예소드는 어떻게든 돌아갈 거야.

—아하. 그런 선택을 내리는 거군요.

히비킹이 듣고 싶었던 건 이거지? 자, 다음에는 미즈하한테 물어봐! 나도 바보는 아니거든. 뭐, 바보긴 하지만 말이야. 미즈하의 마음은 소중하게 여기고 싶고, 미즈하의 마음은 존중하고 싶거든. 자자, 빨리빨리! (그녀의 등을 꾹꾹 밀며)

마, 마지막 질문! 10년 후의 자신에게 해줄 말 없나요?!

없어! 10년 후의 나는 10년 후에 생각하면 돼!

아, 네~! 그럼 미즈하 씨로 넘어갈게요!

■반오인 미즈하

【당연하겠지만, 미즈하 씨는 부들부들 떨고 있었다. 인터뷰를 들은 건 아니지만, 분위기를 통해 중요한 질문을 하려 한다는 걸 눈치챈 것 같다. 아니, 실은 이미 들은 걸까? 뭐, 아무튼 그녀는 심호흡을 몇 번 한 후에 자기 스태프에게 눈짓을 보냈다. 그녀들은 내키지 않아 하면서 미즈하 씨와 거리를 뒀다.】

으음, 잠시 실례해도 될까요?

네, 물론이죠. 뭔가 물어볼 게 있는 거죠? 저, 반오인 미즈하가 답해드리겠어요. 최선을 다할게요.

이 사람, 주먹 말아쥐는 파이팅 포즈를 취해도 미소녀 페이스와 대비되어서 귀엽네……. 아무튼, 자기소개부터 부탁드려도 될까요

으, 음. 반오인 미즈하라고 해요. 나이는 몰라요. 키는 공표되어 있지만, 체중은 비밀이에요. 죄송해요.

아, 역시 아이돌이라서 그런가요?

아뇨. 제 체중과 똑같이 맞추려고 하는 팬이 있거든요……. 무리한 다이어트를 하거나, 거꾸로 무리해서 살을 찌우려고 해요. 그런 건 몸에 좋지 않으니까, 키 말고는 전부 숨기고 있어요.

생각했던 것보다 더 심각한 이유군요……. 으음, 그럼 계속 해주세요.

네. 좋아하는 건 물론 아이돌이에요. 노래하는 것, 춤추는 것, 사진 찍히는 것, 전부 좋아해요. 싫어하는 건…… 딱히, 없어요. 아, 아뇨. 싫어하는 거나 무서운 건 있어요. 남한테 미움받는 거예요.

뭐, 누구나 미움받는 건 싫어하겠지만요……. 아, 혹시 특정 인물에게 미움받는 게 싫은 건가요?

그, 그럴지도 몰라요. 아, 하지만 그게 누구인지 캐지는 말아주세요. 절대 하면 안 돼요.

……으음, 추궁할 생각은 없지만…… 티 팍팍 나니까…….

그리고 그 특정 인물 말인데, 미즈하 씨를 싫어하는 일은 아마 없을 거예요.

정말요?! 그럼 다행이지만…… 리네무 씨는 참 속을 알 수 없는 사람이라서 문제거든요. 으으, 제 마음은 전해졌을까요……. 전해졌으면 좋겠네요…….

(이 덜렁이 아이돌, 자기 입으로 이름을 말했네?!)

저기, 저한테 물어보고 싶은 건 아마…… 그거죠? 네, 저는 결심했어요. 리네무 씨가 간다면 저도 가고, 안 간다면 저도 안 갈 거예요. 수동적이라든가, 남이 하자는 대로 한다든가, 자기 인생을 그런 식으로 결정하면 되는가, 같은…… 그런 생각이 들긴 해요. 하지만, 역시 저는 좋아하는 사람과 같이 있고, 싶어요. ……어? 저, 지금 위험 발언을 하지 않았나요?

(이제 와서 무슨) 아~ 뭐, 괜찮지 않을까요…….

대답이 건성인 것 같은데……. 으음, 제가 할 말은 이게 다예요. 팬 여러분이 따라와 줄지는…… 그분들의 판단에 맡길래요. 직접 생각해줬으면 해요. ……차분하게 생각해보니,

건너편 세계는 아마…… 아니, 저기…… 아무것도 아니에요. 저는, 그렇게 머리가 좋지 않거든요. 다른 분들이 설명해줄 거라고 생각해요.

마지막으로, 10년 후의 자신에게 메시지를 남겨주세요!

10년 후의 저에게. 부디, 그 사람과 함께 있기를. 싸우는 일은 있더라도, 헤어지는 일은 없기를.

■까르프 아 쥬에

【까르프 아 쥬에는 제3영역의 전 도미니언이며, 하얀 여왕(비나)에게 도전했다가 패배하고 도주하다 토키사키 쿠루미와 조우. 전부터 팬이었는지 열렬한 러브콜을 보냈다. 하지만 쿠루미 씨의 태도는 꽤 매정했던 것 같다. 아무튼, 중요한 건 네 장의 트럼프. 스페이드(에이스), 하트, 다이아(트웰브), 클로(나인), 각 트럼프가 자의식을 가지고 행동한다.】

야호~ 여러분, 잘 지냈어요~?

아, 왔구나, 히고로모 히비키! 항상 토키사키 쿠루미 님과 함께 행동하다니, 부러워! 하지만 바꿔 달라고는 하지 않겠어! 나, 긴장하면 무슨 소리를 늘어놓을지 모르겠거든! 그러니 「**부러워⋯⋯ 샘나⋯⋯ 미워⋯⋯**」하고만 말해두겠어. 아, 그 대사 부분만 섬뜩한 폰트로 변경해줘.

이 얼간이 왕자님, 대체 뭐라고 떠드는 거예요. 아⋯⋯ 일단 자기소개 할래요? 안 해도 되지만요.

나를 너무 무시하는 거 아냐?! 아~, 어험. 내 이름은 꺄르프 아 쥬에. 비나의 예전⋯⋯ 아니, 현 도미니언이야. 수하들이여, 왜 미심쩍은 눈길로 쳐다보는 거지? 아무튼, 나는 아름다운 외모와 재능을 겸비한 천재 준정령이라고 생각하면 돼. 그리고 토키사키 쿠루미의 넘버원 팬! 이기도 하지.

넘버원 팬이라는 말에서 위험한 향기가 감도네요. 애니 월크스 풍미랄까요.

사람을 미치광이 감금 살인귀에 비유하지 마. 그리고 나는—『음, 이해하오리다. 주군께는 좀 그런 욕망이 있다는 건 부정할 수 없지요』(스페이드), 『우리 주인에게는 사이코패스 경향이 있다는 건 부정할 수는 없지!』(클로버), 『어? 그럼 항상 같이 다니는 우리도 완전 위험한 거 아님까?』(다이아), 『경찰관을 불러주세요~!』(하트)

갑자기 시끄러워졌네!! 시끄러우니까 어떻게 좀 해주세요!

시~~끄~~러~~워~~! 셧업!! ……휴우. 미안해. 이야기를 계속할게. 내 능력은 보다시피, 트럼프의 의인화……인…… 뭐, 트럼프를 자유롭게 움직이게 하는 능력, 이라고 하는 게 가장 이해하기 쉬울까? 트럼프를 이용해 싸울 것 같다, 는 말을 듣고 진짜로 그렇게 싸우는 녀석이 어디 있어! 같은 느낌이야. 아무튼, 편리하긴 해. 그 어떤 상황에서도 이 트럼프들 덕분에 최소한의 전투력은 유지할 수 있거든. 무엇보다, 왕^{리더}처럼 행동할 수도 있어.

왕이 되고 싶었어요?

아니, 그렇지 않아. 놀라운 사실일지도 모르지만, 나는 굳이 따지자면 내성적인 편이야. 내성적이랄까…… 커뮤니케이션이 귀찮달까…… 최애를 계속 바라보고 싶을 뿐이랄까…….

진짜 놀라운 사실이네요……. 용케 도미니언을 했다 싶어요…….

박해를 보고도 못 본 척하는 것만큼 못난 준정령 또한 아니었을 뿐이야, 아하하하하. 하지만, 이번 **일**은 좋은 기회라고 생각해.

아, 그 말은—.

응. 나는…… 건너편 세계로 갈까 해. 으음, 결국 나는 방랑자 기질이 있거든. 도미니언이 된 것도, 뭐랄까…… 남들이 도와달라고 해서 그냥 맡은 거야. 하지만 앞으로는 전보다 평화로워질 거잖아. 남은 도미니언들을 생각해도, 미래는 평온할 거야. 그렇다면 나는 바람 부는 대로 마음 가는 대로 살고 싶어. 하지만 딱 하나, 우려되는 점이 있거든. 들어줄래?

아, 네. 뭔가요?

—이 녀석들, 건너편에 가도 괜찮을까?

【그렇게 말한 꺄르프 아 쥬에는 자신을 둘러싼 트럼프들을 가리키며 한숨을 내쉬었다. 트럼프들은 시끄럽게 떠들어 댔다.】

아…… 글쎄요. 모르겠어요.

그렇지? 이 애들이 못 넘어간다면 어쩔 수 없이 여기 남을래. 쿠루미 님을 못 만나게 되는 건 아쉽지만 말이야. 『소인들을 핑계 삼지 마시오!』(스페이드), 『우리는 신경쓰지 말고, 스스로 선택해주세요~!』(하트), 『우리를 위해 하고 싶은 일은 안 하는 건, 본말전도라고 생각하도록!』(클로버), 『그걸로 결정했다간, 평생 후회할 거라고 생각한다~.』(다이아)

【꺄르뜨 아 쥬에는 퍼뜩 놀란 표정으로 트럼프들을 쳐다봤다. 평소에는 장난스럽던 트럼프들의 진지한 표정에 압도당하더니, 어험 하고 얼버무리듯 헛기침을 했다.】

……아까 한 말을 취소하겠어. 나는 건너편 세계에 가고 싶어. 뭐가 기다리고 있든, 뭘 잃게 되든, 나는…… 건너편 세계에 가볼래. 하아, 젠장. 이 녀석들한테 설득당하는 날이 올 줄이야. 시끄러워, 트럼프들. 모퉁이를 확 접어버린다~?

【꺄아, 하고 트럼프들이 비명을 질렀다. 모퉁이를 접히는 게 그렇게 무서운 걸까.】

어험. 그럼 마지막으로 10년 후의 자신에게 전할 메시지를 남겨주세요.

메시지……라. 10년 후의 자신이 길거리를 헤매고 있지나 않기를 바라고 싶은걸~! 애초에 우리는 나이를 먹긴 하는 걸까? 아무튼, 어떻게든 될 거라고 믿고 싶어!

감사합니다~!

그런데 히고로모 히비키. 너는 어쩔 거야? 너는…… 건너편 세계에, 가고 싶어?

으음, 그게 말이죠. 저는 현실에 가는 게 거의 불가능할 거라고 생각해요.

어째서야?

저는 원래부터 육체가 없거든요. 즉, 건너편에 가면 사라져버릴 거예요.

【내 말을 들은 꺄르뜨는 그 자리에서 굳어버렸다. 그 후, 어두운 표정으로 『미안해』하고 중얼거렸다. 에이, 괜찮아요.】

그래도 괜찮을 거예요. 비책을 준비해뒀거든요.

그래. 그럼 안심이야. 너라면 어디서나 굳세게 잘 살아갈 게 분명해. 도회지의 쥐새끼처럼!

칭찬이 아니거든요?!

■아리아드네 폭스롯

【아리아드네 폭스롯은 졸려 보였다. 철퍼덕 앉아서 다른 준정령들을 쳐다보고 있는데, 때때로 고개를 꾸벅거렸다. 옆에는 유키시로 마야와 카가리케 하라카가 있다. 두 사람 다 한숨 돌리며 하늘을 올려다봤다. 부드러운 금색 머리카락을 살짝 모아 묶은 푸근한 느낌의 소녀. 가련하다거나 아름다운 게 아니라 귀엽다. 게다가 보는 사람의 눈에 하트 마크가 붙을 정도로 얼굴도 예쁘다. 하지만 입가에 침이 질질 흐르고 있네.】

저기~, 잠시 실례해도 될까요?

응? 으응? ……응. ……응?

틀렸어. 이 사람, 잠들 것 같아. 하라카 씨, 깨워주세요.

흠냐…… 흠냐…… 히익?! 하라카, 뭐하는 거야~. 실례할 뻔 했잖아~. 어? 인터뷰? 귀찮은데…… 아, 하지만 히비킹이구나~. ……뭐, 그럼 어쩔 수 없네. 대답해줄게~.

정중한 건지 건성인 건지 모르겠네……. 뭐, 좋아요. 그럼 자기소개를 부탁합니다!

아리아드네~ 폭스롯~. 끝~.

어이~. 파멸적으로 귀여운 졸림 보이스로 이름 말하고 땡인 건 좀 그렇지 않아요? 뭐 좀 더 없어요? 도미니언이라든가 같은 거요.

으음…… 제4영역의 도미니언(헤세드)이고, 무명천사 〈태음태양 24절기〉를 써요~. 수은으로 된 실 같은 건데, 절단도 포박도 오케이~. 그리고 감정을 계절에 분류해 계측 및 조작할 수도 있어~.

카지노에서의 트럼프 승부 때는 그래서 무지막지하게 강했던 거군요~. 뭐, 그때는 쿠루미 씨가 쿠루미 씨인 탓에 여러모로 좀 그랬죠.

맞아~. 쿠루밍은 진짜 제정신 아냐. 하지만 잊지 못할 멋진 승부였어~. 한 번 더 하고 싶네~.

좋아하는 것과 싫어하는 것을 물어봐도 될까요? 아, 좋아하는 건 됐어요. 감이 오거든요.

좋아하는 건 침구 굿즈 콜렉션이거든~?

어, 잠은요?

인간한테 잠은 습관 아냐? 좋아하고 말고가 어디 있어~ 히비킹은 잠을 싫어하면 안 잘 거야? 그건 건강에 안 좋을걸~?

대뜸 정론으로 두들겨 패는 거예요?!

싫어하는 건, 으음~……. 잠을 방해받는 걸까~. 아…… 그건 아냐. 하라카나 마야마야가 잠을 방해하는 건 괜찮잖아. 아, 나 지금 부끄러운 소리 안 했어? 으음, 그럼…… 아. 싫어하는 것…… 싫어하는 사람, 딱 한 명 있어~.

싫어하는 사람? 그게 누구인가요? 말해도 되는 사람인가요?

미야후지 오카. 나, 그 애가 싫어졌어. 응. 왜냐하면, 그
애…… 엄청, 좋은 애였거든~? 인계의 미래에 대해 항상 고
민했고, 우리를 끌어모아서 선대부터 이어진 영역회의에서도
리더십을 발휘했었어. 노블레스 오블리주니 뭐니, 하면서~.
……딱히 귀족도 아닌데 말이야. 자기는 특별하고, 뛰어나니
까, **전혀 괴롭지 않다**고 말하며 항상 노력했다니깐~. 나 같
은 애와는 완전 딴판이었어~. 졸 때마다 지적하며 도미니언
으로서의 책임이니 같은 설교를 했거든~……. 그런 애가 어
느새 세뇌를 당해서 이용당하다 죽어버렸잖아? 죽은 직후
에는 그렇게 충격을 받지 않았지만, 지금 생각해보면…… 뭔
가, 울컥하는 느낌이 들어~.

……그런가요……. 그건…… 네, 맞아요. 싫어할 만해요.

하지만, 덕분에 결정한 게 있어. 아마 히비킹이 가장 듣고
싶은 걸 거야. 나는, 인계에 남겠어~. 그 애가 지켜온 세계
를, 끝까지 지켜볼 거야~. 그 후에 사라져버릴지도 모르지
만, 그래도…… 그래도 말이야. 최선을 다한 이가 남긴 증거
가 사라져버리는 걸, 나는 못 참겠어.

……잘 알겠어요. 감사해요. 그럼 10년 후의 자신에게, 메시지를 남겨주세요~.

10년 후에도 다 같이 사이좋게 지내기를. 이 정도이려나~. 혹시 듣고 싶은 말 있어~?

듣고 싶은 말은 없지만, 하고 싶은 말은 있어요. 세계 평화를, 부탁드려요.

오케이, 오케이. 그럼 다음에 무슨 일이 있을 때까지 나는 눈 좀 붙일게. 잘 자~.

■카가리케 하라카

【카가리케 하라카. 최고참 준정령이자, 수많은 제자를 거느린 무녀복 전투 마니아. 어른스럽기도 하고 어린애 같기도 한 그녀는 이제까지 수많은 싸움에서 쭉 승리해온 도미니언이다. 그녀는 나를 보자, 여어 하며 퉁명하게 손을 들어 보였다.】

수고 많으세요~.

그래, 너도 수고하네. 진담이야. 나도 나이를 먹었나 봐. 이 세상에는 연령에 따른 육체 노화는 아마 없을 테지만, 정신의 노화는 피할 수 없는 것 같거든. 뭐, 그건 일단 제쳐 두고, 인터뷰를 하려는 거지?

아, 네. 으음, 우선 자기소개를 부탁드려도 될까요?

카가리케 하라카. 나이 불명, 제5영역의 도미니언.^계부라^ 키와 체중과 스리 사이즈는 재본 적 없어서 몰라. 나, 2미터 정도 될까? 안 되려나. 무명천사는 〈주언연동기관〉,^슬랩 커스 메이커^ 영부(靈符)를 만드는 무명천사야.

아, 처음 듣는 것 같은 느낌이 들어요. 무명천사로 공격하는 게 아니라, 무명천사로 부적을 만드는 거군요.

사전 준비가 필요하단 핸디캡이 있지만, 그 대신 만능 속^올마이티^ 성이야. 나는 어떤 전황이나 상황에서도 만능의 힘을 발휘할 자신이 있어. 자기 진지를 구축해 유리를 점하며 이긴다. 결국, 내 수준에 이른 제자는 없지만 말이지~. 창은 완전히 다른 방향으로 뻗어나갔거든.

쿠루미 씨와 비슷할지도 모르겠네요. 그 사람도 『전황을

유리하게 만든다」는 면에 있어서는 엄청난 성능을 발휘하거든요.

　아~, 이해해. 만능이라기엔 좀 할 수 있는 게 적지만, 전략과 전술로 보완하는 느낌이야. 솔직히 말해, 진짜 좋아하는 전투 스타일이라니깐. 한번 붙어보고 싶었어~. 하지만 한 쪽이 죽을 때까지 싸우게 될 게 뻔해~.

　쿠루미 씨는 싸워서 이기는 건 좋아하지만, 고전하는 건 싫어하니까, 이유가 없다면 붙어보기 어려울 걸요~. 하라카 씨를 「전술이 비슷한 타입과 싸우면 참 어렵답니다. 허점의 허점의 허점까지 잡아야 겨우 한 방 먹여줄 수 있을 테니까요」라고 말했으니까, 아마 무리일 거예요~.

　그렇구나~, 무리구나~. 뭐, 서로를 죽일 듯이 싸우는 것도 좀 곤란하긴 해!

　이런저런 일이 있었지만, 여전히 싸움으로만 스스로를 구축할 수 있는 건가요?

　아직은 말이지. 만약 상황이 좀 달라진다면 다른 방식을 찾을 수 있을지도 몰라. 뭐, 그런 소리나 할 때가 아닌가.

그럼, 남는…… 거군요.

 뭐, 그렇게 될 거야. 하지만 싸움 이외에 살아남을 방식을 찾지 못해서라는 건 부차적인 이유야. 나는 더 중요한 이유가 있어서 남는 거야. 뭐, 건너편 세계에 미련이 없는 것도 사실이지만 말이지.

그건―.

 말할 필요도 없잖아. 친구가 남는다고 하거든. 그럼 나도 남아야 하지 않겠어? 제자도…… 절반 정도는 가고 싶어 하지만, 절반은 남겠다고 하거든. 새로운 내일을 기다릴지, 어제와 같은 오늘이 계속될지는 모르지만 말이야. 나는 그걸로 됐다고 믿어.
 뭐, 남는 친구도 있지만 헤어져야 하는 친구도 있다는 게 좀 괴롭긴 해.
 하지만, 나는 이 세상을 지키고 싶어. 죽은 준정령들이, 우리에게 미래를 맡긴 선대 도미니언들이, 그것을 바라고 있을 거잖아. 물론 미야후지도 포함해서 말이야.

미야후지 씨는 의외로……라고 말하면 실례겠지만, 인기가 좋으시네요.

꽤 오래 알고 지냈거든. 그런 만큼 네차흐에서의 사건은 꽤 충격이었어. 퀸을 용서할 수 없다고 생각하는 것도 그래서야. 그전에는 막대한 피해를 발생시키는 영문 모를 불길한 존재, 정도였지.

미야후지 오카는 잘난 척하지만 **실제로도 잘난** 여자애였어. 건너편 세계의 기억을 지니고 있었는데, 거기서는 꽤 고귀한 가문에 속해있었다고 본인이 말했지.

옛날 같았으면 저는 공주님이었을 거랍니다, 라고 했던가? 건너편 세계의 기억을 지녔으면서, 필사적으로 인계를 컨트롤하려 했어.

이 세상에 성인은 존재하지 않아. 나이도 먹지 않지. 혼에 새겨진 경험만이, 겨우겨우 우리에게 「나이」라는 개념을 부여할 뿐이야. 전부 어린애라서, 일부만은 어른이 될 수밖에 없었어.

도미니언은 결국 어른이 된 준정령이야. ……뭐, 어른이 되지 않고 도미니언이 된 키라리도 있지만 말이야.

그래서 오카는 최선을 다했어. 지배하고, 통치하며, 조작하고, 때로는 숙청하며, 이 인계가 더 나은 세상이 되기를 소망했어.

……뭐, 친구를 만들 수 없는 성격이긴 했지만 말이지.

아~, 쿠루미 씨와 엄청 사이가 나쁠 것 같네요…….

그래. 토키사키 쿠루미와는 절대로 마음이 안 맞을 거야. 하지만 토키사키 쿠루미가 훨씬 말주변이 좋거든~. 아마 으으으으으윽, 하고 신음을 흘리며 도망칠걸? 으음, 제대로 된 형태로 두 사람이 만났으면 재미있었겠는걸.

그럼 하라카 씨도 남는 거네요?

그래. 나 말고도 남는 녀석이 있을 텐데, 혼란에 빠지게 하는 것도 좀 안 됐잖아. 건너편 세계에서 본다면 이 인계는 잘못된 세계, 삭제되어야 마땅한 영역이겠지만……. 그래도, 멸망을 선택할 필요는 없다고 생각해.

뭐, 그렇긴 해요. 원해서 멸망하는 것도 아니니까요. 건너편 세계에 있을 곳이 없는 준정령도 많을 거고요.

너도 그렇지 않아? 히고로모 히비키.

【카가리케 하라카는 진의를 찾으려는 듯이 눈을 가늘게 떴다. 나는 겁먹지 않으며 마주 노려보았다. 아, 노려보는 건 아니지만, 시선을 마주하기 위해서는 용기가 필요했다.

있을 곳이 없다는 건 옛날부터 알고 있었다. 그래도, 나는
선택한다.】

괜찮아요. 각오는 되어 있거든요. 원 찬스, 원 찬스♪

……뭐, 그렇다면 말리지 않겠어. 배웅해줄게. 너도 참 성
가신 애한테 반해버렸구나.

반한 상대가 악당이었다~♪ 같은 거죠.

너도 성가신 걸로는 걔 못지않으니까, 잘 된 걸까…….

**한 소리 들은 것 같지만 무시~. 그럼 마지막으로, 10년 후
의 자신한테 메시지를 남겨주세요.**

시, 10년 후……. 으음, 10년 후에도 셋이서 함께 웃을 수
있기를, 일까. 무슨 일이 있을지는 모르겠지만, 우리 셋이
함께라면 어떻게든 할 수 있을 거야.

■유키시로 마야

【유키시로 마야는 제2영역의 도미니언.^(호크마) 항상 무거워 보이

는 책을 들고 다니는 소녀다. 호리호리한 몸, 푸른색이 감도는 단발머리에 빨간색 하단 반테 안경. 양쪽 다 그녀에게 잘 어울렸다. 그녀는 내 얼굴을 보더니, 고개를 갸웃거렸다. 이 사람, 부정 못 할 만큼 귀엽네.】

왜 그래? 무슨 일 있어?

한 사람씩 인터뷰 중이에요. 제가 아는 준정령^{사람} 상대로요.

흐음. ……뭐, 좋아. 하지만 내 이야기는 딱히 재미있진 않을걸?

그걸 결정하는 건 마야 씨가 아니라 저니까요~. 자, 우선 자기소개부터 부탁드려요!

으음…… 유키시로 마야. 키는 141.4cm, 체중은 39.8kg. 스리 사이즈는 재본 적 없어서 몰라. 직업…… 직업? 은 도미니언. 담당은 호크마. 취미는 독서, 특기는 독서, 무명천^{퍼펙트 북 블록} 사도 책. 이름은 〈완전무결서가〉. 개봉, 이라고 선언하면 제1부터 제10까지의 서적을 꺼내서 능력을 행사할 수 있어. 편리해.

하라카 씨와 마찬가지로, 소환 계열 만능형이군요~.

전투에 특화된 그녀와 다르게, 나는 더 폭넓은 요소에 중점을 두고 있어. 룰 설계와 추적, 은폐 같은 거야. 직접적으로 공격하는 건 제1과 제5, 그리고 제8 정도야. 다른 건 전부 전투 이외의 수단이자, 상황을 타개하는 용도로 쓰여. 아, 이참에 내가 개봉하는 열 권에 대해서도 설명해줄까?

아뇨. 다음 기회에 부탁드릴게요. 귀찮아질 것 같거든요……

그렇게 말하니 억지로 가르쳐주고 싶어지네. 좋아, 한 번에 싹 설명할 테니까 각오해. 우선 제1의 서 〈빛이여 생겨라, 하고 그녀는 말했다〉, 책의 페이지를 빛의 검으로 만들어 공격해. 접근전용이야. 제2의 서 〈책을 품고 세상을 건너라〉, 여러 서적을 동시에 개봉할 때 사용해……. 성가시지만, 이걸 쓰지 않으면 나는 책을 한 권씩만 쓸 수 있어. 제3의 서 〈사상은닉이론〉, 주위의 공간을 커튼으로 감싸서 웬만큼 소리를 내도 들키지 않게 해. 제4의 서 〈절대정의직하(絕對正義直下)〉, 알다시피 룰을 설정하는 책이야. 제5의 서 〈불꽃저택 살인사건〉, 공격형 책이며, 이름대로 불꽃을 뿜어 태워버려. 참고로 책에 옮겨붙지는 않아. 제6의 서 〈황금태양 입방체〉,

온갖 리제너레이션 효과를 지닌 회복 용도의 책이며, 피아 식별이 가능해. 제7의 서 〈난고하명성(乱高下明星)〉, 사용하면 나는 엄청 높이 점프할 수 있는데, 무서워. 제8의 서 〈영광명예의 초중압〉, 표적을 중력 100배로 만들어 자기 무게에 으스러지게 해……. 너무 잔인해서 잘 안 써. 제9의 서 〈그 혼의 편린이여〉, 특정 표적을 추적하는 책이며, 속도가 느린 게 난점이야. 그리고 제10의 서 〈그리하여 종이와도 같은 신의 방패를 지니도다〉, 방어 타입 책이며, 종이란 이름대로 자유자재로 가공할 수 있는 게 꽤 강점이야. 제3의 서와 병렬 사용해서 야영지를 만드는 것도 가능해.

무지무지하게 귀찮지만, 일단 메모해두긴 할게요!

뭐, 이런 능력이야. 앞으로도 쓸모가 있을 거라고 생각해. 이 인계에서 수명이 다할 때까지는 그럴 거야.

당연한 듯이 여기 남을 생각인가 보네요.

남지 않을 이유가 없어. 아니, 솔직하게 말할게. ……건너편 세계에 가서…… 이것저것 새로 전부 구축하는 건…… 왠지…… 성가시고…… 귀찮아…….

예상보다 속물적인 이유네요!

만약, 예를 들어 내가 유키시로 마야란 행방불명자라고 쳐. 가족이 있었다, 고 정의할게. 하지만, 나는 가족을 전혀 기억하지 못해. 건너편에 가면서 생각이 날지도 모르지만, 그 가족이 좋은 사람일지 나쁜 사람일지 판단하기 어려워.

게다가 가족 또한 죽었다고 생각한 내가 살아서 돌아온다면, 여러모로 성가신 사태에 처할지도 몰라. 예를 들어…… 건너편 세계에서 사라지고 5분 후에 돌아온 거라면 별문제 없겠지. 하지만 10년 혹은 20년 후라면…… 내가 당시의 모습으로 귀환하면 여러모로 문제가 될 거야. 그뿐만 아니라 내가 부잣집 애라면, 유산 상속 같은 걸로 더 복잡해질지도 몰라.

뭐, 얼추 알겠어요! ……확실히 건너편에 간다는 건 여기서 쌓아 올린 걸 전부 버린다는 의미이긴 해요.

그리고 중요한 점이 하나 더 있어. 이 무명천사와 영장은 우리가 준정령이기 위해서 필요한 거야. 이걸 건너편에서 쓸 수 있을까?

……그, 글쎄……요…….

쓸 수 있다, 고 한다면……. 엄청난 숫자의 성가신 인간형 결전 병기가 건너편으로 보내지는 게 돼. 못 쓴다고 치면, 살 곳과 미래가 불안정한 소녀가 대량으로 생겨나는 게 돼. 나는 세상의 악의를 가볍게 보는 편이 아냐. 아마 대다수가 위험을 겪게 될 거야. ……그러니, 저 두 사람을 믿겠어.

저 두 사람?

그야 물론 키라리 리네무와 반오인 미즈하야. 저 두 사람이 건너편 세계에 가는 건, 도미니언끼리 의논한 결과이기도 해. 그녀들은 능력이 있든 없든 상관없이, 뛰어난 자질을 지녔어. 자, 문제야. 그건 과연 뭘까?

그야 아이돌인 거잖아요……. 어. 아하, 그런 거군요.

응. 그녀들은 건너편 세계에서도 먹히는 재능을 지녔어. 서포트를 해줄 스태프도 같이 갈 거니까, 성공할 가능성은 충분히 있고…… 그런 게 없더라도, 키라리 리네무의 바이털리티라면 웬만한 일을 잘 풀릴 거라고 생각해. 반오인 미즈하도 한 걸음 물러선 시점에서 냉정하고 침착하게 매사를 관찰할 거야. 게다가 다른 도미니언도 두 명 가기로 되어 있어. 그녀들도 믿음직하거든. 물론 건너편 세계…… 현실 세계는 인계보다 몇 배나 악의와 사기가 횡행하니까 불안해. 그런 의미에서 본다면, 토키사키 쿠루미에게 뒷일을 맡기고 싶어.

쿠루미 씨에게요? 진짜로요?

……내가 한 말이지만, 역시 무리겠지? 천상천하 유아독존이 토키사키 쿠루미다운걸. 하지만 조금은 도와줬으면 고맙겠어……라고 전해줬으면 해.

좋아요. 뭐, 쿠루미 씨라면 어떻게든 해주겠죠!

응. 이런저런 일이 있었지만, 이렇게 웃으면서 돌아볼 수 있다는 게 참 기뻐. 토키사키 쿠루미가 있어서 다행이라고 생각해. 물론 히고로모 히비키, 너도 마찬가지야.

오, 오오. 갑자기 칭찬하니까 마음의 준비가……. 아뇨, 감사해요. 뭐, 저는 별일 안 했지만요. 제가 없더라도, 분명 어떻게든 됐을 거라고 생각해요.

히고로모 히비키. 그런 걸 겸손을 넘어 오만이라고 해. 너는, 토키사키 쿠루미의 지팡이이자, 검이자, 브레이크이자, 부스터였어. 너도 갈 거지?

죽을 가능성이 10할이지만요. 뭐, 그래도 따라갈 거예요.

그건 육체가 없어서야?

……그런 느낌이죠. 아마 건너편에는 제가 있을 곳이 없을 거예요. 하지만 쿠루미 씨가 없는 세상에서 멍하니 있는 것도 좀 그렇거든요. 그러니까 원 찬스를 노려볼까 해요.

포기할 필요 없어. 육체가 없는 건 토키사키 쿠루미를 포함해 모두가 마찬가지야. 하지만 혼과 육체에는 큰 차이가 있어. 혼은…… **만들 수 없어.** 그것을 구성하는 요소가 밝혀지지 않아서야. 하지만, 육체는 어떤 물질로 되어 있는지 알아. 아니까, 방법이 있어. 우리에겐, 그럴 힘이 있잖아.

그 말은―.

영력을 통한 원소 조성. 육체는 어차피, 존재하는 물질이 존재하는 형태로 구성된 거야. 그렇다면, 구축하는 것도 간단해. 그러니 이걸 받아.

이게 뭔가요?

육체 조성 레시피야. 육체가 어떤 물질로 구성되어 있는가. 그것을 머릿속에 기억해뒀다가, 나중에 힘써봐. 이게 바로 너에게 주어진 원 찬스야.

……아하……! 희망이 보이기 시작했어요!

그렇지? 그걸 만드느라 의학 관련 해부서를 읽는 바람에 멘탈에 대미지를 입었거든. 그래서 좀 토할 것 같으니까, 좀 누울래.

【그렇게 말한 유키시로 마야는 피로가 묻어나는 미소를 머금더니, 지면에 벌러덩 드러누웠다. 나는 건네받은 육체조성 레시피를 보면서 생각했다. 진짜로, 원 찬스…… 있는 걸까, 하고 말이다.】

마지막으로, 10년 후의 자신에게 메시지를 남겨주세요.

10년이나 시간이 있잖아. 이제 그만 다음 행동을 시작해,

나. 구체적으로 말하자면 집필. 플롯만 짜두고, 첫 줄도 쓰지 못했잖아.

어, 글을 쓸 생각이에요?

인계 전생한 소녀가 무쌍하는 이야기야.

그런 사람, 한 명 알아요. 토키사키 쿠루미라고 해요.

죽도록 성가신 이야기가 될 것 같으니까, 좀 더 무난한 준정령을 주인공으로 삼을 생각이야.

【아니, 저는 쿠루미 씨야말로 주인공에 걸맞다고 생각하는데요! 진짜로요!】

■쥬가사키 레츠미

【쥬가사키 레츠미는 제8영역의 도미니언^{호드} 대리다. 그리고 반오인 카레하를 진심으로 사랑했고, 사랑받은 준정령이다. 그래서일까, 나는 그녀의 처음 한 말을 듣고 당황하게 된다.】

나, 말이지. 건너편 세계로 갈까 해.

어, 진심이에요?!

응. 완전 진심이야. 아, 그래도 카레하를 잊은 건 아냐. 똑똑히 기억해. 얼굴도 안 잊었고, 잊기 전에 초상화도 그려뒀거든. 흐흥.

솔직히 말해, 인계에 남을 거라고 생각했어요. 여기는 카레하 씨가 숨을 거둔 세상이니까요.

반대로 카레하가 살고 내가 죽었다면 말이지? 나는 이렇게 생각했을 거야. 「나 같은 건 신경쓰지 말고, 새로운 세상을 실컷 둘러봐 줬으면 한다」고 말이야. 나는 분명 그렇게 말할 거고, 카레하는 이러쿵저러쿵하면서도 내 말에 따라줬을 거라고 확신해.

……카레하 씨도 같은 말을 했을 거란 건가요?

응. 내가 사랑한 카레하라면, 분명 받아들일 거야. 엉엉울면서, 잔혹하데이, 하고 말하면서도— 내가 그러면 행복할 거라고 여기며 받아들일 거야.

사랑은 무적, 이군요.

맞아. 내 사랑은 긍정적이고, 무적이자, 멋져! 그러니까, 건너편에서 열심히 살 거야!

호드의 준정령 중에서도 상당한 숫자가 건너편으로 이주하는 걸 희망하거든.

내 사명은 카레하가 지키려 한 아이들을 지키고, 카레하가 행복하기를 바란 나를 행복하게 만드는 거야. 그리고 내 행복은 분명, 그 모험 너머에 있어.

아!

아?

깜빡했어! 내 이름은 쥬가사키 레츠미, 호드의 도미니언! 잘 부탁해! 취미는 총을 탕탕 쏘는 거야!

이제 와서 자기소개하는 거예요?! 뭐, 됐어요. 팍팍 말해 주세요!

인생은 칠전팔기! 내일은 내일의 바람이 분다! 변함없는 건 카레하 알러뷰라는 것!

건너편 세계에 가면, 그 애의 매력을 널리 알리고 싶네!

10년 후의 자신에게, 마지막으로 한마디 해주세요.

10년 후에도 사랑해, 카레하!

【쥬가사키 레츠미는 참 즐겁게 웃었다. 건너편 세계에 가는 것을, 전혀 두려워하지 않는 것처럼 말이다. 키라리 리네무도 그렇고 쥬가사키 레츠미도 그렇고, 개척자 정신이 왕성하다고 생각한다. 어쩌면 인계에서 건너편 세계로 간다고 결심한 준정령들이 지나치게 겁먹지 않는 건, 그녀들과 함께 가기 때문─일지도 모른다.】

■ 시스투스

【자, 이어서 토키사키 쿠루미의 분신─ 엄밀히 따지자면 분신의 분신, 이라고 불러야 할까. 내가 아는 토키사키 쿠루미에서 파생된, 토키사키 쿠루미가 아닌 소녀. 그것이 시스투스란 존재다.】

그래서…… 마지막으로 저를 찾아왔다는 거군요. 뭐, 멋진 마무리를 맡게 됐으니 넘어가도록 할까요.

아뇨, 마지막은 쿠루미 씨에요. 뭐, 제대로 된 인터뷰를

할 수 있을지 좀 의문이긴 하지만요.

 어머, 그런가요. 그럼 자기소개부터 하죠. 제 이름은 시스 투스. 토키사키 쿠루미이자, 토키사키 쿠루미가 아닌 존재라고 하면 되려나요. 저는 퀸에게 잡혀서 힘을 잃었고, 토키사키 쿠루미로서의 자아가 박살이 나버렸답니다. 그리고 히비키 씨가 아는 토키사키 쿠루미에게 총을 겨누며 덤볐고, 패배해서— 이렇게, 되살아나게 된 거죠.

 죽기 전과 후에 차이가 있나요?

 글쎄요. 예전과 꽤 다른 사고방식을 지니게 됐다고나 할까요. 인간은 원래 그런 존재잖아요? 제가 아는 히비키 씨와 제가 모르는 히비키 씨는, 딴 사람처럼 다르죠.

 아…… 으음…… 그건…… 그래요…….

 나쁜 건 아니랍니다. 인간은 성장하고, 준정령도 성장하죠. 육체적으로는 변화가 없더라도, 정신은 경험의 영향을 받는답니다. 히비키 씨와 『저』는 그런 모험을 반복해왔으니까요.
 하지만, 그것은 필연적으로 토키사키 쿠루미라는 축에서

벗어난다는 것을 의미해요. 같은 경험, 같은 행동을 한다면 그 축에서 벗어날 일이 없겠지만—.

저는, 지나치게 다른 경험을 쌓았죠. 아마 토키사키 쿠루미의 분신으로서는 분명 실격일 거예요. 애초에 이 영장의 색깔도 그렇죠. 저는 검은색과 빨간색이 아니라, 흰색과 노란색을 좋아하게 됐어요……. 되어버린 거죠.

여기에 남을 거군요.

네, 남을 거랍니다. 이 영역을 마음 가는 대로 여행하며, 마음 가는 대로 살아보고 싶어요. 목적을 잊고, 꿈을 잊고, 인연과 정념도 전부 내팽개치고, 말이죠. 저는— 그저, 살아보고 싶어요.

히비키 양도 알다시피, 『저희들』에게는 사명이 있어요. 하지만, 아마 그것은 거의 달성되었을 거란 생각이 든답니다. 그렇다면, 분신은 이제 필요 없겠죠. 즉— 자유예요. 어디에 가든, 뭘 하든, 제 자유죠.

제 이름은 시스투스. 토키사키 쿠루미가 아니게 된, 토키사키 쿠루미였던 자. 그런 거랍니다.

마지막으로, 10년 후에 자신에게 한마디 해주지 않겠어요?

　10년 후의 저에게. 당신은 이 선택을 후회할지도 몰라요.
건너편 세계에, 현실에, 귀환하면 좋았을 거라며 한탄할지
도 몰라요. 하지만 지금 이 순간의 저에게 있어, 이 선택은
필연이었답니다. 당신의 후회는 그저 **치근거림**에 지나지 않
아요. 그 점을 부디 가슴에 새겨두셨으면 해요.

　【시스투스는 그렇게 말하더니, 덧없는 미소를 머금었다.
약간의 쓸쓸함, 그리고 한 줌의 불안을 느끼면서도 일어서
는 듯한 미래에의 희망. 그런 것으로 가득 찬 듯한 표정이었
다. 그것을 본 나는 생각했다. 아아, 그래. 이 사람은 이제,
토키사키 쿠루미가 아니구나, 하고 말이다. 그녀와 같은 얼
굴을 지녔지만, 그녀와 같은 곳을 향하고 있지는 않은 것이
다. 그것이 좋은 일인지 나쁜 일인지는 모른다. 모르지만,
시스투스는 그걸로 됐을 거라고, 나는 생각한다.】

○그리하여, 옛 친구와 사투를 벌이는 게 됐답니다.

인계가 절규했다.

그렇게 표현할 수밖에 없는, 처절한 싸움이 시작됐다. 주위의 공간이 일그러지고, 비틀리더니, 온갖 장애물이 박살났다. 도미니언을 비롯한 준정령은 물론이고, 히고로모 히비키조차도 허둥지둥 그 자리를 벗어나려 했다.

소용돌이치는 영력의 중심에 있는 건, 악몽과 여왕.

가세하자, 혹은 일제히 공격하자. 그런 제안도 전투 전에는 존재했지만, 이제는 그런 생각을 할 수 있는 상황이 아니었다.

예를 들자면 그것은 실내에서 생겨난 회오리이며, 방 안에서 쏜 대포였다. 너무나도 격렬하고, 너무나도 폭력적이라, 도망치는 것 이외의 선택지가 떠오르지 않았다.

토키사키 쿠루미와, 퀸— 야마우치 사와의 싸움은, 그런 것이었다.

"—〈각각제(刻刻帝)〉." ^{자프키엘}

"—〈광광제(狂狂帝)〉." ^{루키프구스}

시간을 지배하는 괴물, 토키사키 쿠루미.

공간을 지배하는 괴물, 퀸.

두 사람은 지금, 말 그대로— 사력을 다해 서로를 죽이려

하고 있었다.

"【첫 번째 탄환^{알레프}】!"

"【천칭의 탄환^{모즈님}】!"

쿠루미가 돌격하자, 여왕은 주위의 구조물과 위치를 바꿔서 회피했다. 무방비해진 쿠루미의 측면을 잡은 여왕이 권총을 난사했다. 하지만 가속한 쿠루미의 신체 능력은 발사된 탄환을 회피하고도 남을 성능을 지녔다.

쿠루미의 몸이 아지랑이처럼 흔들리더니, 여왕의 탄환이 허공에서 사라졌다. 이 시점에서, 둘은 파악했다.

이 싸움은 총을 난사한다고 끝나지 않는다. 그런 우연에 의해 승부가 결정 나지 않는다. 두 사람의 순수한 전술과 기량을 겨루는 승부이며, 장기나 체스에 가깝다.

하지만 그런 완전 정보 게임과 결정적으로 다른 점이 하나 있다. 토키사키 쿠루미와 야마우치 사와는 송곳니를 숨기고 있다는 점이다.

쿠루미는 여왕이 다루는 천문시계의 마왕— 〈쿠키프구스〉의 능력을 전부 알고 있지는 않다. 시간이 아니라 공간에 영향을 끼친다고 하는 막연한 정보만 알고 있기에, 솔직히 말해 쿠루미는 뭐든 다 가능한 게 아니냐고 여기며 내심 체념하고 있다.

한편으로 쿠루미도 여왕을 상대로 우위를 점하고 있는 점이 있다. 여왕은 분신인 시스투스를 심문해서 〈자프키엘〉의 능력을 전부 숙지했다—고 여길 것이다.

하지만, 실은 그렇지 않다. 게부라, 검과 마법의 환상영역^{소드 앤드 소서리}에서 쿠루미는 어떤 결단을 내려야 했고, 〈자프키엘〉을 **왜곡했다.**

【열한 번째 탄환】^{유드·알레프}…… 그 탄환은 【일곱 번째 탄환】^{자인}과 흡사하다. 군도(軍刀)든^{사브르} 총이든, 그 어떤 공격이 쿠루미에게 닿은 순간에 시간 정지— 즉, 무효화시킨다. 그야말로 비할 데 없는 절대 방어의 탄환이다.

그리고 【열두 번째 탄환】^{유드·베트}. 11이 절대 방어라면, 12는 절대 공격이다. **명중만 하면 해치울 수 있다**고 쿠루미는 단언할 수 있다. 문제는, 영력과 시간의 총량을 고려해본다면 그 탄환을 쏠 수 있는 건 딱 한 번뿐이다. 그리고 절대적인 공격이지만 무조건 명중하는 건 아니기에, 상대가 피할 가능성도 존재한다.

토키사키 쿠루미는 이렇게 생각한다. 야마우치 사와를 해치울 수 있는 건 【유드·베트】^퀸 뿐이라고 말이다.

그러니, 이것은 그녀에게 그 필살의 탄환을 명중시킬 방법을 찾는 지혜 대결이다.

토키사키 쿠루미는 그렇게 생각하며, 신중을 기하면서 싸우고 있다. 하지만 그것은 필연적으로 토키사키 쿠루미가 핸디캡을 안게 된다는 의미다. 즉, 그녀는 【유드·알레프】를 쓸 수 없다. 정확하게는 사용할 타이밍이 엄밀하게 정해져 있다는 것을 뜻했다.

퀸의 전투 경험이 토키사키 쿠루미보다 뒤떨어질 거라고는 볼 수 없다. 다른 도미니언과 사투를 벌여온 만큼, 그녀가 이능의 힘에 취한 풋내기일 리가 없다.

즉, 야마우치 사와가 알지 못하는 【유드·알레프】를 쏜 순간, 【유드·베트】가 비장의 카드라는 것을 간파당할 가능성이 크다. 여왕은 그런 세상에서 이제까지 싸워온 것이다.

그렇기에, 쿠루미는 첫수에 신중을 기할 수밖에 없다. 【알레프】를 비롯한, 그녀가 숙지하고 있는 〈자프키엘〉의 탄환으로 싸워야만 한다.

하지만 시간을 들일 여유는 없기에, 쿠루미는 마음속으로 이를 악물었다. 왜냐하면―

◇

야마우치 사와는 【유드·베트】를 모른다. 물론 【유드·알레프】도 모른다. 하지만 야마우치 사와는 토키사키 쿠루미를 안다. 속속들이 알고 있다, 고 해도 과언이 아니다.

(으음, 뭔가 있는 것 같네.)

즉, 사와는 이미 거기까지 내다보고 있다. 하지만 정보가 너무 부족했다. 비장의 카드를 지녔다는 건 알지만, 어떤 비장의 카드인지는 모른다.

사와는 현재 상황을 7:3의 비율로 자신이 유리하다고 여기고 있다. 우선 신체 능력에서 차이가 난다. 【알레프】로 가속한 쿠루미와 신체 강화를 하지 않은 자신의 속도는 거의 대등했다. 물론 쿠루미에게는 【두 번째 탄환】(둔화)과 【자인】(정지)이 있으며, 그것을 맞는다면 자신이 불리해질 것이다.

하지만 자신에게는 그것을 막을 수 있는 〈루키프구스〉가 있다. 검을 이용한 공격의 크기를 키우는 【게의 검】, 탄환째 공간을 도려내는 【사자의 탄환】, 교체로 순간이동을 하는 【모즈님】.

손에 쥔 카드는 많고, 유용하며, 가장 중요한 점은 쿠루미가 전부 파악하고 있진 않다는 것이다.

『장군』은 모든 검, 모든 탄환을 쓰면서 싸우지는 않았다. 그러니 토키사키 쿠루미는 여왕이 지닌 비장의 카드를 경계하면서 행동할 수밖에 없다.

능력을 써서 궁지로 모는 게 아니라, 쓰지 않아서 궁지로 몰아넣는다. 그것이 사와가 쿠루미를 상대하기 위해 선택한 전술이다.

서로의 표정, 그리고 홍채에 뭣이 비치는지 관측할 수 있을 만큼 가까운 거리에서 쿠루미와 사와는 총을 쐈다. 추측한 탄도에서 몸을 빼고, 두려움 없이 앞으로 나아가서 서로가 쏜 총의 궤도를 손날과 총으로 바꾸며, 눈앞까지 쇄도한 죽음의 탄환을 피했다.

그것은 총기를 이용한 근접전투이며, 토키사키 쿠루미가 원래 선호하지 않는 거리였다.

"【알레프】, 【베트】, 동시 사용······!"

"아······!"

자신에게 탄환을 쏘면서, 즉시 여왕에게도 선물^{디버프}을 건넸다. 완전히 피하지 못한 탄환이 몸을 스친— 순간, 자신이 치켜든 사브르를 휘두르는 속도가 비정상적으로 느려졌다는 것을 눈치챘다. 평범한 준정령이었다면 이 시점에서 의식과 동작의 차이 탓에 혼란에 빠졌을 것이다.

"【쌍둥이의 탄환】.^{테오밈}"

여왕은 당황하지 않으며 공격을 중지하더니, 자신을 향해 총탄을 쐈다. 쌍둥이란 이름이 붙은 탄환은 퀸의 육체를 **모방**하더니, 의식을 새로운 몸으로 즉시 전이시켰다.

낡은 몸이 붕괴했고, 새로운 몸은 생존했다.

"······!"

"그렇게 놀랄 일은 아니지 않아? 내 〈루키프구스〉는 공간을 지배해. 인계는 물질적인 육체가 존재하지 않는 세계인 만큼, 모방은 간단해. 나도—"

반사적으로 말을 늘어놨다. 이 상황에서도, 자신이 그녀와 대화를 이어가고 싶어 한다는 것을 깨닫자, 쓴웃음을 머금었다.

그렇게 말하면서도, 퀸으로서의 사고회로가 계속 경종을 울리고 있었다.

쿠루미가 사용하는 【알레프】는 단순히 『움직임을 빠르게 하는 힘』이 아니며, 【베트】 또한 『느리게 하는 힘』이 아니다. 시간의 가속은 모든 것이 빨라진다는 의미이며, 전투에 중요한 능력이 가속된다는 의미다.

총을 쏘는 동작^{액션}에도 총을 치켜들고, 조준한 후, 방아쇠를 당긴다고 하는 세 가지 요소가 존재하며, **그 동작에 필요한 모든 능력이 가속되는 것이다.** 팔의 움직임, 동체시력, 방아쇠를 당기는 속도, 전부 다 말이다.

그리고 그런 점을 고려하더라도, 자신이 유리하다는 사실에는 변함이—.

—얼어붙었다.

쿠루미의 〈자프키엘〉이 자신의 관자놀이를 겨누고 있었다. 그리고 쿠루미는 미소를 짓고 있었다. 입가가 일그러진 피에로처럼, 자신만만하고 뻔뻔한 미소다.

그 미소를 본 순간, 사와는 공중으로 뛰어오르려 했다. 행동 자체는 정답이지만, 사와의 선택 자체가 간발의 차이로 늦었다.

도약하는 것과 동시에, 발목에서 위화감이 느껴졌다. 그림자에서 뻗어 나온 새하얗고 가는 팔이, 불경하게도 여왕의 발목을 움켜잡은 것이다.

"【여덟 번째 탄환】······!"

이 싸움에서, 토키사키 쿠루미는 자신에게 가해진 속박을 해방했다. 그것은 금단의 탄환, 【헤트】의 봉인을 푸는 것이었다.

이 탄환을 쓰면 어떤 일이 벌어질지 예상조차 안 되었다. 분신인 토키사키 쿠루미의 과거가 나타날지, 아니면 본체의 과거가 나타날지 알 수 없다.

어쨌든 간에 이 탄환은 인계에 더 큰 혼란을 부르지 않을까. 애초에 분신이 【헤트】를 써도 무사할 거란 보증은 있을까.

그런 번민을, 고뇌를, 공포를, 토키사키 쿠루미는 전부 내다 버렸다.

퀸을 쓰러뜨린다. 자신의 모든 것을 바치는 한이 있더라도, 그녀를 해치운다.

그것은 정령이라서가 아니라, 토키사키 쿠루미로서의 의무이자 책무다. 모든 것을 바쳐서라도 해내야만 하는, 사명이기에—.

토키사키 쿠루미는 【헤트】를 사용했다.

"키히히히히히————!"

분신은 즉시 자신이 해야 할 일과 싸워야만 하는 존재를 이해하더니, 쿠루미의 생각을 그대로 모방하며 행동을 개시했다.

"성가셔."

야마우치 사와는 난잡하다 해도 과언이 아닌 조준으로, 갓 태어난 분신의 미간에 총을 쐈다. 하지만 퀸의 능력이 아무리 뛰어날지라도, 「다른 표적에게 주의가 쏠린다」는 것은 전투에 있어서 『빈틈』 이외의 그 무엇도 아니다.

쿠루미는 주저 없이, 사와의 복부를 걷어찼다.

"......!"

튕겨 날아간 여왕은 아무것도 없는 평원을 굴렀다. 아픔이 느껴진 건 한순간이었으며, 숨 막히는 듯한 고통이 느껴진 것도 한순간에 불과했다. 이어서 공격이 날아올 거라고 생각한 여왕은 그에 대비해 탄환을 준비했지만— 공격을 당하지 않았다.

몸을 일으킨 여왕은 경악했다. 눈앞에 있던 토키사키 쿠루미가 사라진 것이었다.

"그래……. 결심, 했구나."

사라졌다, 는 것은 올바른 표현이 아니다. 여왕의 주위를 둘러싸고 있는 건 토키사키 쿠루미의 집단, 집단, 집단. 사와는 옅은 미소를 머금었다.

"응. 좋아. 이렇게 쿠루미 양에게 둘러싸여 있으니, 죽기 살기로 싸우고 있단 느낌이 들어. 이렇게 되면 나도 전력을 다할 거야."

미소는 부드러웠고, 말투도 부드러웠다. 하지만 거기에 담긴 감정은, 말은, 전부 예리한 칼날 같았다.

사투를 벌이고 있다고, 쿠루미는 생각했다.

이제 와서 이런 생각을 하는 게 아이러니하지만, 야마우치 사와와 사투를 벌이고 있다.

"……가겠어요."

"응, 덤벼."

눈앞이 아찔할 정도의 일제 사격이었다. 사각지대는 없다. 굳이 따지자면 지면뿐이겠지만, 사와는 두더지처럼 땅속에 숨을 생각이 없다. 애초에 피할 생각 자체가 없다.

"〈루키프구스〉— 복식천탄(複式天彈), 【아리에】/【테오밈】."

"……!"

쿠루미들은 경악을 금치 못하며 눈을 치켜떴다. 여왕의 주위를, 탄환이 소용돌이치듯 휘몰아쳤다. 테오밈으로 모방한 아리에 둘이 쿠루미의 탄환을 먹어 치우면서 모든 사격을 무효화했다.

〈루키프구스〉의 능력— 그 복합형.

"아니……?!"

【헤트】로 만들어낸 쿠루미의 분신 중 하나가 아연실색하며 그렇게 중얼거렸다. 우연히 여왕의 곁에 있던 그녀를, 여왕은 주저 없이 쏴 죽였다.

"그럼, 이번에는 내 차례네. 쿠루미 양, 부디—."

봄 햇살 같은 미소를 머금으며······.

"너무 쉽게 죽지는 말아줘."

그렇게 고했다. 도발적인 대사에 발끈한 쿠루미들이 다시 총을 겨눴다— 하지만, 여왕이 순식간에 쿠루미들에게 육박했다.

빛나는 강철 칼날— 쿠루미 한 명의 심장을 꿰뚫었다. 그러자 그 쿠루미는 안개가 흩어지듯 사라졌다.

"이, 익······ 여왕······!"

쿠루미들은 허둥지둥 산개하면서 총을 쏘고, 쏘고, 또 쐈다. 여왕은 【아리에】와 【테오밈】을 조합해, 항상 자신을 보호했다.

그것은 일정 간격 안으로 들어온 것을 전부 먹어 치우는 사냥개 무리를 연상케 했다.

하지만 압도적인 숫자는 곧 힘이었다— 쿠루미들은 냉정하게, 냉혹하게, 간격을 벌리면서 사격을 이어갔다. 【아리에】가 여왕을 지키고 있지만, 완벽하다고는 할 수 없었다.

미세한 빈틈을 이용해, 탄환이 비집고 들어갔다.

여왕은 가벼운 상처를 입었지만, 그것을 무시하며 토키사키 쿠루미를 『찾았다』. 【헤트】로 창조한 분신을 아무리 죽인들, 무의미하다는 것은 이해하고 있다.

중요한 것은 지금도 분신을 만들어내고 있는 본체(엄밀히 따지자면 그녀도 분신이지만)를 해치우는 것이다. 그러니 상처는 그 후에 치유하기로 했다.

극단적인 이야기지만, 그 토키사키 쿠루미만 해치우면 이 싸움은 끝난다. 퀸은 승리하고, 준정령은 패배하면서, 인계는 붕괴한다.

찾고— 찾고— 또 찾은 끝에— 발견했다. 딱 한 명, 차분함과 결의가 어린 눈동자로 여왕을 응시하고 있는 토키사키 쿠루미가 12미터 전방에 한 명 있었다. 눈길을 끌지 않기 위해 주위에 분신을 배치해뒀다.

"찾, 았, 다♪"

가벼운 목소리로 그렇게 말한 퀸이 돌격했다. 【아리에】가 사라지자, 일제히 발사된 탄환이 여왕의 육체에 정통으로 꽂혔다. 하지만 움츠러들거나 고통 탓에 멈춰서지 않으며 — 애초에 고통 따위는 초월했다 — 여왕이 토키사키 쿠루미의 곁까지 쇄도했다.

"……!"

쿠루미는 총을 치켜들었고, 여왕은 사브르를 휘둘렀다.

여왕이 날린 찌르기가, 쿠루미보다 미세하게 빨랐다. 곁에서 들려온 총성— 하지만 여왕은 고통을 느끼지 않았다.

해치웠다, 고 확신하고도 남을 일격이었다. 이어서, 여왕은 자신이 범한 실수에 아연실색했다.

꿰뚫린 쿠루미는 총을 버리고 사브르를 두 손으로 움켜잡았다. 그 바람에 놔버렸어야 할 **그것**을 반사적으로 뽑으려

했다.

"틀렸어요, 사와 양."

목소리는 측면에서 들려왔다. 어느새 접근한 토키사키 쿠루미가 여왕의 관자놀이에 〈자프키엘〉을 댔다.

사라진다. 사와가 찌른 토키사키 쿠루미가, 웃으면서 사라졌다. 【헤트】로 만들어낸 분신이었다.

"당신이라면, 그 【저】를 찾아낼 거라고 확신했답니다. 사와 양이라면, 분명— 이 전장에서도, 『저』를 찾아낼 거라고 믿었어요."

아아, 그렇구나. 상식적인 이야기지만, 야마우치 사와의 생각은 토키사키 쿠루미도 짐작할 수 있다. 그렇다면 그것을 막기 위한 전술도 세울 수 있다.

나무를 숨길 것이면 숲속에 숨겨라.

나뭇잎이 갈색이나 녹색이 아니라 한눈에 알아볼 수 있을 만큼 특이한 색깔이라면 어떻게 할까?

답 : 같은 색깔의 나뭇잎을 준비한 후, 그것을 돋보이게 하면 된다—.

여왕은 어렴풋이 그런 생각을 했다. 회피와 방어가 불가능하다는 것은 눈치챘다.

그리고 토키사키 쿠루미는 이 상황에서 주저할 만큼, 자비심이 넘치지 않았다.

쐈다.

머리를 향해, 주저 없이 〈자프키엘〉을 쐈다. 그리고 이어서 공격을 펼치기 위해, 분신들과 함께 다시 조준했고—.

그 순간, 지면이 흔들리고 있다는 것을 눈치챘다.

"이, 건……?!"

"후후, 유감이야. 너희는 늦었어."

머리를 총탄에 꿰뚫린 소녀가, 피를 흘리면서 입을 열었다. 여왕의 등 뒤에, 찬란한 빛과 함께 거대한 문이 모습을 드러냈다. **이제까지**와 형태가 같지만, 품격의 차원이 달랐다.

영역과 영역을 잇는 문(게이트). 여왕의 배후에 나타난 것은 바로 그것이었다. 쿠루미의 목적지이자, 목표이기도 한…….

"제1영역의…… 게이트(케테르)……!"

게다가 최악인 것은, 게이트가 이미 열려 있었다.

"다시 싸워야겠네, 쿠루미 양. 후후. 자…… 사투(데이트)를 이어가 볼까?"

관자놀이에 총탄을 맞는데도, 야마우치 사와는 웃으면서 뒤편으로 몸을 날렸다.

"기다……!"

여왕의 모습이 사라졌다. 그와 동시에, 문이 서서히 닫혔다.

"토키사키 쿠루미!"

먼 곳에서 목소리가 들려왔다. 뒤를 돌아보니, 유키시로 마야가 초조한 목소리로 외쳤다.

"서둘러! 빨리!"

그 말을 들은 순간, 쿠루미는 주저 없이 케테르의 게이트에 몸을 던졌다. 당연히 살아남은 분신들도 차례차례 게이트 안으로 들어갔다.

"저, 저도 갈게요―! 먼저가 계세요!"

귀에 익은 목소리가 한참 떨어진 곳에서 들려왔다. 쿠루미는 웃음을 머금은 후, 두려울 게 없다는 듯이 스스로를 북돋웠다.

토키사키 쿠루미…… 쿠루미 양은, 케테르의 게이트에 뛰어들었다. 무엇이 기다리고 있든, 반드시 이기겠다는 결의를 품으며…….

그리고 또 한 사람. 히고로모 히비키에게는 이쯤에서 물러선다는 선택지가 없었다.

"히고로모 히비키, 너도 가야 해. 하라카!"

"오케이! 미안하지만 좀 난폭한 방식으로 날려주겠어!"

"바라는 바에요! ……난폭? 날린다고요?"

히비키는 반사적으로 힘차게 대답했지만, 하라카에게 목덜미를 잡힌 그녀의 몸에 부적이 붙었다. 그 행위가 의미하는 바를 안 히비키의 얼굴이 새파랗게 질렸다.

"저기요. 제 등에 붙은 건―"

"제트 분사 부적이야. 음속으로 날아서 게이트에 들어가!"

"아아아아아앗! 그럴 것 같았어요오오오오!"

내던져진 히비키는 부적에서 뿜어져 나오는 제트 연료의

분사에 의해 가속하더니, 닫히고 있는 게이트 안으로 쏙 들어갔다.

또한 1초만 늦었으면 게이트에 격돌해서 큰일이 날 뻔했다는 건, 다행인지 불행인지 엄청난 속도 탓에 눈을 감고 있었던 탓에 히비키는 알지 못했다.

◇

케테르. 누구나 존재는 알지만, 누구도 당도하지 못했던, 지고의 불가침 영역.

도미니언이 있는지는 물론이고 어떤 장소인지도 확실치 않은, 수수께끼에 휩싸인 장소.

그곳에 도착한 토키사키 쿠루미, 그리고 그녀의 분신들은 당혹스러운 듯이 서로의 얼굴을 쳐다보았다.

"『저희들』— 기억하나요?"

"네, 물론이죠⋯⋯." "기억한답니다." "잊을 리가 없잖아요." "여기는—."

토키사키 쿠루미가 야마우치 사와와 함께 다녔던, 쿄오 여학원이었다.

석양빛에 물든 저녁 하늘은 끝없이 펼쳐져 있고, 귀를 기울이면— 학생들이 내는 소리마저 들려오는 듯한 느낌이 들었다. 이미 영역과 영역을 잇는 게이트는 사라졌으며, 쿠루미는 시간을 넘어 건너편 세계에 되돌아온 듯한 느낌에 사로잡혀 있었다.

"설마 여기는…… 『저희들』은…… 현실에…… 과거에…… 온 건가요……?"

한 분신이 불안한 목소리로 그렇게 중얼거렸지만, 쿠루미는 그 추리를 부정했다.

"아뇨…… 그렇지 않답니다. 여기는 그런 형태로 만들어진 곳이에요."

쿠루미는 이 인계를 창조한 자가 토키사키 쿠루미 혹은 야마우치 사와의 관계자일지도 모른다고 생각했지만, 곧 그 생각을 부정했다.

오히려 그 반대다. 야마우치 사와가 왔기 때문에 케테르는 이렇게 변모한 것이다.

"역시 원래는 아무것도 없는 영역이었겠죠. 사와 양…… 그리고 저희가 오면서, 이 영역이 지배를 받게 됐다고 보는 게 타당할 거랍니다."

야마우치 사와와, 토키사키 쿠루미.

두 사람이 우정을 기르고, 따뜻한 햇살 속에서 담소를 나누는 게 허락된 성역.

청춘을 맛보고, 청춘을 느끼며, 청춘을 품으며 함께 걸었던 장소다.

—기억한다.

토키사키 쿠루미로서의 과거가, 손을 흔들며 그녀와 헤어지던 풍경을 기억하고 있었다.

하지만 쿠루미의 마음속에 찾아온 것은 비할 데 없는 거대한 공허함 뿐이다. 쿠루미의 의식은, 이미 『사투』에 맞춰져 있다. 하지만 이 풍경에서는 향수를 느낄 수밖에 없었다.

"쿠루미 씨!"

그리고, 통통 튀는 듯한 목소리가 사정없이 파고드는 것처럼 들려왔다.

"어머, 어머, 어머."

"이야~, 아슬아슬하게 들어왔네요! 일단 다른 도미니언 분들도 쫓아오겠다고 했지만, 닫힌 게이트를 여는 데 시간이 걸릴 것 같아요."

"뭐, 애초에 지원군은 기대하지 않았답니다. 운명적으로도, 숙명적으로도 말이죠."

"……혹시 제가 괜히 온 거예요?"

"네, 그래요."

쿠루미가 빙긋 웃으면서 답하자, 히비키는 어깨를 축 늘어뜨렸다.퓨

"너~무~해~."

히비키는 그렇게 말하면서 헤실헤실 웃었다. 그래야 토키사키 쿠루미지, 하고 속으로 생각하면서 말이다.

"뭐, 괜한 짓은 안 할게요. 단짝 친구였다면서요?"

"네. 무슨 일이 있어도, 무슨 일이 벌어져도, 평생 함께할 거라고 믿어 의심치 않았던 친구죠."

"———."

"그런 만큼, **반드시 죽여야만 하죠**. 한때 친구였던 이의 책임이자 의무랍니다."

쿠루미는 그 슬픈 맹세를 아무렇지 않게 입에 담았다. 히비키는 어쩔 수 없다고 여기며 쓴웃음을 지은 후, 쿠루미에게 두들겨 맞을 것을 각오하며 **그런 행동**을 취했다.

"힘내세요, 쿠루미 씨. ……여기서 기도하고 있을게요."

쿠루미를 꼭 끌어안으며, 단짝 친구처럼 그렇게 속삭였다.

쿠루미로서는 뜻밖의 일이었지만, 정취와 석양이라는 말이 너무 따뜻한 나머지, 뜻밖이기 그지없게도, 무심코 눈물을 보일 뻔했다.

—히비키의 감정은 따뜻했다. 그녀와 떨어지는 게 괴로웠다. 하지만 손이 멋대로 히비키의 어깨를 잡고 천천히 떼어냈고, 발은 학교 건물로 향해 나아갔다. 그 전에, 히비키의 이마에 딱밤을 날려줬지만 말이다.

"그럼 가죠, 『저희들』."

그 말에 맞춰, 토키사키 쿠루미들이 달리기 시작했다.

목표 : 퀸—야마우치 사와의 타도. 인계를 멸망시키려 하

는 그녀를 모든 수단을 동원해 저지하라. 그것을 위해서라면, 그 어떤 주저도 하지 마라. 옛 친구, 예전의 자신이 죽인 상대를 또 한 번 죽이게 될지라도.

혹은, 자신이 소멸하는 결말을 맞이할지라도.

◇

야마우치 사와는 인계를 소멸시키기로 결의했다.

애초에 이 인계는 무엇을 위해 존재하는 걸까? 무엇을 위해 생겨났고, 무엇을 위해 계속 존재하는 걸까.

야마우치 사와는 거기까지 이해하고 있지는 않다. 그저, 틀림없는 사실이 하나 있다. 이 인계는 우주처럼 자연 발생한 것이 아니라, 인공적인 세계다.

그리고 인류에게 도움이 되는 것이 아니며, 인류를 멸망시키는 것도 아니다.

그것만 이해하고 있다면, 충분했다. 오히려 거기까지를 자신의 이해 한계치로 삼아서, 이 세상을 만든 누군가에게 탐지되는 것을 막은 걸지도 모른다.

하지만 그것은 이 세상과는 상관없는 이야기다.

야마우치 사와는 이해하고 있다. 준정령 사이에서 도는 다양한 소문, 고찰, 논설 중에서 가장 근거 있는 것은 『사후 세계』설이다.

사후 세계, 라고 간단히 말하지만, 그 이미지는 국가에 따라 다양하다. 지옥, 명계, 천국, 발할라, 등등.

하지만 그 어떤 나라의 어떤 종교관에서도 공통되는 점이 딱 하나 있다. 사후 세계는 육체를 떠난 혼만의 세계, 라는 것이다. 나중에 육체가 부활하는 케이스도 있지만— **최소한 한 번은 육체를 버려야만 한다.**

이 인계는 방대한 영력과 방대한 소녀의 혼으로 이어 붙여서 만든 세계다. 방대한 영력— 모든 불가능을 가능하게 하는, 태양 정도가 아니라 은하계에 필적하는 에너지양으로 말이다.

특정 시간과 특정 좌표를 입력해, 그곳을 향해 그 에너지를 뿜으면…….

시간을 거슬러 올라갈 수도, 미래를 바꿀 수도 있다. 야마우치 사와가 죽는 일 없이, 토키사키 쿠루미의 친구로 쭉 존재하는 과거로 바꿀 수 있을 것이다.

……유감스럽게도, 누가 자신을 **유사** 정령으로 만든 것인지는 모른다. 하다못해 그게 누구인지만 안다면, 이 인계의 에너지로 그 누군가를 소멸시켜서 과거를 바꿀 수 있을지도 모른다.

거기까지 생각하면서, 야마우치 사와는 인계를 짓밟으며 행동해왔다. 하지만, 문제가 하나 발생했다.

인계에 존재하는 방대한 영력을 하나로 모을 수단이다.

이 인계에는 혼뿐이라고는 해도 마음을 지닌 소녀들이 무수히 존재한다. 그리고 그녀들은 멋대로 영력을 사용하고 있으며, 혹은 사라져간다.

비나를 공략해서 도미니언이 되어서 그런 쪽으로 해박한 준정령으로부터 정보를 모았지만, 영력을 모으는 방법은 찾아내지 못했다.

하지만 도미니언이 된 사와에게 어떤 정보가 들어왔다.

—인계에 때때로 흘러들어오는, 한 소년에 관한 이야기.

그 눈빛과 말이 자신이 아니라 다른 누군가를 향한 것이란 사실을 알면서도, 마음을 빼앗기고 만다는 사랑의 신화.

기억을 언뜻 들여다보기만 해도 그렇게 되는 것이다. 만약 **실물**이 출현한다면 어떻게 될까.

이미 야마우치 사와는 소년의 기억에 마음을 빼앗긴 준정령을 상대로 그 **만약의 세계**를 시도해봤다. 환희에 찬 소녀는 소년의 말에 따라, 그녀를 인계에 머물게 하는 영력을 빈껍데기가 될 때까지 바쳤다.

〈루키프구스〉의 능력인 【테오밈】과 【전갈의 탄환】을 이용해, 준정령의 기억인 소년을 모방하는 것만으로 그렇게 되는 것이다.

"어이가 없구나. 하찮은 사랑이 그렇게 소중한 것이냐."

경멸에 찬 한숨을 내쉬는 『장군』. 다 그런 거야, 하고 말하며 납득하는 『영애』. 그리고 전혀 이해 못 하는 『여왕』이 그 자리에 있었다.

아무튼, 그 능력은 여러모로 활용됐다. 구체적으로는 도미니언을 몰락시키는데 크게 도움됐다. 【소녀의 검】^{베투라}— 소녀들을, 사랑에 빠뜨리는 칼날.

"사랑이란 대체 어떤 걸까—."

사와는 모차르트의 「피가로의 결혼」의 한 구절을 흥얼거렸다.

몰랐다. 사랑이 어떤 감정인지, 어떤 것인지 모른 채 살아왔다.

아니, **죽었다**고 말해야 옳을까. 가족을 보지 못하는 쓸쓸함과, 사랑을 성취 못 해 분한 마음 중에 뭐가 더 심오할까. 사와는 알 수가 없었다.

토키사키 쿠루미는, 그 토키사키 쿠루미는 사랑을 선택하리라고 사와는 생각한다.

사랑에 미쳐 살고, 사랑에 미쳐 죽는 듯한 그녀는, 분명 그것을 선택하리라.

"분하네."

그런 감정이 드러났다. 자신이 모르는 토키사키 쿠루미, 자신이 모르는 본 적 없는 소년, 하나부터 열까지 괘씸했다. 그리고 그 감정을 억누를 생각은 없다.

멸망해라, 멸망해라, 멸망해라.

노래해라, 노래해라, 노래해라.

죽어라, 죽어라, 죽어라.

애초부터, 자신의 몸은 토키사키 쿠루미가 반전한 존재다. 그렇다면, 사랑을 증오하는 것이 자신의 목적일 것이다.

"─기도는 마치셨나요?"

사랑을 사랑하는 자의 목소리가, 사랑을 증오하는 사와의 등 뒤에서 들려왔다.

◇

그리운 학교 안을 느긋하게 둘러볼 여유는 없었다. 그런데도 쿠루미의 가슴을 쥐어뜯는 듯한, 혹은 부드러운 그리움에 사로잡힌 듯한 감각을 부정할 수는 없었다.

야마우치 사와와 함께 걸었던 복도, 함께 공부하고 이야기를 나눴던 교실, 화학 실험실과 체육관, 운동장과 옥상. 그 모든 곳이 노스탤지어로 가득 차 있었다.

하지만 그 어디에도 사와는 없었다.

그렇다면, 답은 하나뿐이다. 인연의 종착점, 서로에게 등을 돌린 자들이 모이는 장소, 죄를 짊어지고, 벌을 갈구하며, 혹은 용서를 얻으려 하는 자들이 구원처.

부지 안에 있는 특이한 건축물─ 소성당, 이라 불리는 그곳은 이 학교 특유의 장소였다.

한 달에 한 번 열리는 미사 때와 크리스마스에만 쓰이는 성당이며, 학생들에게 있어서는 신성하다기보다 비밀스럽고 엄숙한 분위기에 취하기 위한 장소였다.

방과 후에 여기서 이야기를 나누는 소녀들이 있고, 사랑을 고백하는 자도 있다. 영원한 우정을(혹은 사랑을) 맹세하기 위해 결혼식 비슷한 짓을 하는 자까지 있을 정도였다.

사와와 쿠루미도, 여기에서(불경스럽게도) 논 적이 있다. 기도를 바치며 놀았고, 고해하며 놀았으며, 미사 흉내를 내며 놀았다. 하지 않은 거라면 결혼식 정도일 것이다.

"그러고 보니……."

어째선지, 결혼식만은 부끄러워서 안 했어…….

그런, 아무래도 상관없는 의문이 머릿속에 떠올랐다. 그와 동시에, 묵직한 양문형 입구문을 밀어서 열었다. 제단 앞에 앉아, 눈을 감고 손을 모아쥔 채, 기도를 올리고 있는 새하얀 소녀의 모습이 눈에 들어왔다.

야마우치 사와였다. 토키사키 쿠루미였다. 반전체였다. 퀸이었다.

그리고, 그 모든 것이 뒤섞여서 형성된, 순백의— 그 누구도 아닌 누군가였다.

"기도는 마쳤나요?"

"응."

자리에서 일어난 여왕의 눈에는 희미한 증오— 곧 사라지더니, 그 후에는 체념 혹은 여유 같은 미소가 표면에 드러났다.

"케테르가 이런 곳이라니, 참 불가사의하네."

"처음으로 이곳을 찾은 당신이 도미니언이 됐으니까요. 불가사의할 건 없지 않을까요?"

"그럴까? 이 학교에는 그다지 좋은 추억이 없어."

"……당신에게는, 그럴지도 모르겠군요."

"우리 둘 다, 마찬가지잖아? 졸업식에도, 참석 못 했는걸."

아아— 그건, 그건 그렇다.

"여기에 있는 건 평온의 단편, 양지의 잔재, 떠올리고 싶어도 떠올릴 수 없는, 애초에 **떠올린다는 생각조차 떠올릴 수 없는**, 그런 곳뿐이야."

쿠루미는 그럴지도 모른다고 생각하며 고개를 끄덕였다.

별것 아닌 일상은, 별것 아닌 잡담을 떠올리는 것은 매우 어렵다.

"설령 그럴지라도. 저는, 그것이 소중하답니다."

그렇게 말하면서도, 자신이 얼마나 앞뒤가 안 맞는 말을 하는지 깨닫고 쓴웃음을 머금었다. 사와도 덩달아 웃음을 흘렸다.

"이제부터 죽기 살기로 싸울 건데, 그래도 소중히 여길 거야?"

"너무 그렇게 말씀하지 마세요. 제가 한 말이지만, 너무나도— 슬프니까요."

"그 슬픔과 기쁨도, 전부 여기 두고 가자. 전부 필요 없는 것들이잖아."

거리는 10미터 이내. 이전처럼, 두 사람은 서로에게 무기를 겨눴다.

공기가 으스러지는 듯한 압박감과 함께, 죽음의 예감이 뇌리를 스쳤다.

토키사키 쿠루미는/야마우치 사와는, 최후의 사투를 시작했다.

움직이는 속도가 음속이라면 생각하는 속도는 광속, 그리고 탄환의 속도는 신속으로 서로의 몸을 도려내며 생명을 빼앗는다.

쿠루미가 자연스럽게, 자신의 관자놀이를 겨눈 총의 방아쇠를 당겼다. 동시에 도약한 그녀는 고무공처럼 벽에 격돌하나 싶더니, 순식간에 여왕의 측면으로 이동했다.

"―윽!"

쿠루미의 공격을 사브르로 받아낸 사와는 팔을 교차시킨 쿠루미의 미간에 총을 겨눴다. 몸을 웅크렸다― 회피. 머리 위편에서 울려 퍼지는 굉음. 1초만 늦었다면 치명상을 입었을 것이다.

쿠루미의 등골을 타고, 환희와도 공포와도 다른 무언가가 전류처럼 흘렀다. 몸을 웅크린 쿠루미는 조신하지 못하게 두 다리를 크게 벌린 채, 하늘을 향해 〈자프키엘〉의 장총을 치켜들었다.

쐈다.

아래턱뼈에서 정수리까지 전부 박살 났다. 하지만 그 육체에는 혼이 없다.

"【테오밈】."

경악이 아니라, 각오로 그 상황을 인식했다. 자신이 파괴한 것은 빈껍데기다.

사브르가 쿠루미의 몸을 찌르더니, 정밀기계의 부품 같은 단총이 쿠루미의 어깨를 꿰뚫었다.

"【네 번째 탄환】."

중상을 입었다고 판단한 쿠루미는 간격을 벌리면서 태세를 정비했다. 퀸은 기세를 살려 계속 밀어붙이지 않고, 상황을 살핀다는 선택지를 골랐다.

―뭔가 있다.

그것만은 알고 있다. **비장의 카드가 있다,** 는 것은 예측이 됐다. 그것이 무엇인지 파악할 때― 혹은, 그 카드조차 이 상황을 뒤집을 수 없다고 판단될 때…….

사와는 쿠루미를 죽인다, 고 하는 선택지를 고를 생각이었다.

—아아, 즐거워.

　이것은 사랑의 교감이나 다름없다고 사와는 생각했다. 온 힘을 다해 상대에 대해 생각하고, 살의를 키워서, 전심전력을 다해 서로를 죽이려 한다. 이것이 애정이 아니면 대체 무엇일까.

　그런 생각을 한 이는 사와일지도, 쿠루미일지도 모른다. 그런 생각이 연이은 폭주를 부르고, 상대의 움직임을 읽는 행위가, 상대 **그 자체**가 되는 수준까지 이르렀다.

　흐물흐물 녹아서 하나가 된 생명체— 쿠루미가 사와이고, 사와가 쿠루미였다.

　하지만 이것은 전쟁이자 사투이며, 우열을 가르기 위한 도박[갬블]이다.

　"【헤트】." "【베투라】."

　검은 분식과 하얀 환영이, 비단 문양처럼 뒤섞였다. 하지만, 소성당의 문을 통해 토키사키 쿠루미의 분신이 계속 뛰어 들어오자, 검은색이 점점 우위를 점하기 시작했다.

　그리고 그것을 본 퀸은 조용히 웃으며 고했다.

　"【베투라】."

　"또 그건가요……! 시시하군요!"

　쿠루미가 그렇게 말하며, 눈앞의 환영을 해치우려 한 순간……

—토키사키, 쿠루미?

목소리가, 들렸다.

이 세상에서 들을 수 있을 리가 없는, 변성기가 지난 남성의 낮은 목소리.

그게, 문제는 아니다. 문제는, 그 목소리가, 목소리가, 목소리가, 너무나도, 너무나도 마음에 울려 퍼지면서, 마음속에 있는 모든 종을 치고 있다는 점이다.

방금 그것이 그의 목소리라는 사실, 그리고 여왕이 자아낸 환영이라는 것을 동시에 이해했지만— 한심하게도 쿠루미는 사와의 일격을 맞고 말았다.

"커, 헉······!"

튕겨 날아갔다. 튕겨 날아가면서, 방금 나타난 환영을 떠올렸다. 그리고 그것이 가져온 결과를 이성적이 아니라 감정적으로 혐오했다. 혐오라기보다, 격노했다.

즉······.

토키사키 쿠루미는, 이성의 끈을 놓았다.

"퀸ーーーーーー!!"

벽에 내동댕이쳐지는 것과 동시에 팔을 들어서 빠르게 쐈다. 그에 맞춰 분신도 일제히 사격했다. 그리고 분노에 휩싸여 펼친 그 사격을, 사와는 3차원적인 움직임으로 피했다.

공중으로 날아오르는 것과 동시에, 공기를 박차서 각도를 바꾸며 탄환을 전부 피했다.

사와는 인간을 초월한 속도로 하늘을 날며 그 모든 공격을 헛되이 만들었다.

그녀들이 자아낸 충격을 버티지 못한 소성당이 붕괴했다. 지붕이 박살 났고, 제단은 부서졌으며, 신도가 기도를 올릴 상징물 또한 무참한 유해로 변했다.

사와는 도망쳤고, 쿠루미들은 쫓았다.

건물 벽에 **착지**한 사와는 그대로 벽을 내달렸다. 질주하는 그녀를 향해 쏟아지는 탄환의 비, 비, 비. 유리 창문이 깨지고, 순백의 벽이 그을음으로 뒤덮였다.

"【세 번째 탄환】!"

미래 관측 저격. 사와가 디딜 벽을, 한발 먼저 『노화』시킨다. 그저 부수기만 하는 탄환과 달리, 눈치채지 못한 사와는 그 함정에 걸려들었다.

"—윽?!"

사와가 디딘 벽이, 진흙처럼 녹아내렸다. 물 흐르듯 이어지던 벽 타기 또한 거기서 중단됐다.

"일제 사격."

쿠루미의 말에 호응하듯, 【헤트】로 만들어낸 분신들이 사와를 향해 탄환을 일제히 쐈다.

명중, 명중, 명중했다. 사와는 비명조차 지르지 못하며 학교 건물 안으로 튕겨 날아갔다. 쿠루미는 확신했다— 환영이나 빈 껍데기가 아니라, 사와 본인에게 탄환이 명중했다고 말이다.

하지만, 그렇다면. 이, 불길한 감각은 무엇일까.

"……가죠, 『저희들』!"

그것을 떨쳐내려는 듯이 고개를 저은 후, 쿠루미들은 건물 안으로 뛰어 들어갔다. 뛰어들기 전, 쿠루미는 뒤편을 돌아보며 숫자를 세어봤다.

【헤트】로 만들어낸 분신은 서른 명이 넘었다. 쉰 명을 만들어냈으니, 스무 명가량의 분신이 사라진 것 같았다.

보충하는 것이 어떤가 하는 생각이 들었지만, 관뒀다. 예상대로라면 예상대로지만, 자신은 분신 중 하나에 지나지 않는다. 운 좋게 〈자프키엘〉을 쓸 수 있게 됐을 뿐인, 그림자에 불과하다.

그러니 본체와 다르게, 【헤트】를 통해 분신을 만들어내는 것이 매우 부담됐다.

예를 들자면, 자신의 몸을 잘라내 재료로 삼는 것이나 다름없다. 방대한 시간, 방대한 영력, 무엇보다— 방대한 자기 자신.

그것들을 할애하면서 분신을 만들어내는 건, 쿠루미에게 있어 고행 이외의 그 무엇도 아니었다.

토키사키 쿠루미라는 본체는, 【헤트】를 고통스럽게 여기지 않았다. 그것은 본체와 분신에게 능력의 격차가 있기 때문일까. 아니면―.

아니면 본체의 정신구조가 애초부터 자신과 전혀 다르기 때문, 이리라.

안에 들어가 보니, 마차 영화처럼 장면이 달라졌다. 해 질 녘에서 한밤중의 골목으로 말이다.

등골을 타고 오한이 흐른 것은 위기감 때문이 아니라 과거의 절망 때문이리라.

그 순간, 방심이라고 하기에는 너무나도 짧은 틈이 생겨났다. 정신의 틈바구니에 스며든 소녀는 아무런 방해도 받지 않으며, 표적인 토키사키 쿠루미에게 육박했다.

지금의 쿠루미가 의지할 것은 행운뿐이었다. 그리고 그 행운이, 그녀의 공격을 막아냈다.

쿠루미는 무의식적으로…… 적이 있는 공간에서, 한 걸음 후퇴한 것이다.

그 한 걸음이 생사를 갈랐다.

쇄도하는 퀸에게, 쿠루미는 반응하지 못하며 베였다.

하지만 자신의 죄와 마주해 물러난 한 걸음 덕분에, 그녀는 목숨을 건졌다.

일격필살의 그 일격은, 쿠루미에게 중상만을 입혔을 뿐이었다.

"――윽!"

"체, 엣······!"

"『저희들』!"

분신 중 하나가 고함을 지르면서 일제히 총을 쐈다. 여왕은 몸으로 탄환을 받아내며 후퇴했다. 그 틈에 분신 중 하나가 쿠루미를 안아 들고 물러났다. 서른 명의 분신이 스무 명과 열 명으로 나뉘더니, 스무 명이 여왕을 쫓아갔다.

열 명은 쿠루미를 지키면서, 골목에서 벗어나 인근 민가로 피난했다.

사람도 가구도 없지만, 피신하기에는 충분하다고 분신들은 판단했다.

"괜찮나요, 『저』······?!"

"아——."

감고 있던 눈을 떴다. 생존이 확정되자, 분신들은 안도했다.

쿠루미는 뭔가를 원하듯, 천천히 손을 뻗었다.

"히비······키······ 양······?"

"유감이지만, 저희들은 히비키 양이 아니랍니다."

"—그, 랬죠."

그 말에 가슴 속이 서늘해지는 느낌이 들었다. 쿠루미는 몸을 일으키더니, 【달렛】을 쏴서 시간을 되감아 상처를 치유했다.

"별도 행동을 취하죠. 『저희들』. 제가 혼자서 사와 양을 쫓을 테니, 당신들은 저를 중심으로 포위해주세요. 제가 여왕과 접촉하면, 주저 없이 저까지 철저하게 제압 사격을 가하세요."

"정말…… 그래도 괜찮겠어요?"

분신 중 하나가 물었다. 말할 필요도 없겠지만, 제압 사격이란 표적을 놓치지 않기 위해 총탄을 비처럼 쏟아붓는 전술이니 여왕과 접촉한 쿠루미도 피해를 볼 것이다.

"저는 【달렛】을 쓰면서 버티겠어요. 애초에 그녀가 계속 도망 다니는 점이 고전하는 이유 중 하나니까요. 저까지 같이 공격하는 **정신 나간 짓**을 해야 한 방 먹여줄 수 있지 않겠어요?"

그렇게 말한 쿠루미는 자신만만하게 웃었다.

◇

스무 명이란 인원수가 압도적이란 점은 엄연한 사실이다. 하지만, 분신들은 〈자프키엘〉의 능력을 쓰지 못하며, 퀸은 〈루키프구스〉를 쓸 수 있다.

이 시점에서 전력 차는 압도적이며, 분신들도 그 점을 알기에 시간벌기에 전념했다. 양으로 질에 대항하는 것이다.

"확실히 하책이지만, 유용하긴 해."

사와는 그렇게 중얼거리면서 하아, 하고 탄식했다.

증오하면서도 사랑하는 토키사키 쿠루미를, 분신이라고는 해도 계속 죽이고 있다.

그것은 어찌 보면 상쾌한 일이라고도 할 수 있으며, 울고 싶을 만큼 슬픈 일처럼 느껴졌다.

……이제까지의 싸움에서, 야마우치 사와는 철저하게 감정을 제어해왔다.

싸움을 싫어하지만 좋아하고.

사랑하는 건 좋아하지만 싫어하고.

친해지는 건 좋아하지도 싫어하지도 않는다.

하지만, 그 모든 것은 토키사키 쿠루미에게의 복수— 복수? 복수— 그렇게 생각하지 않으면, 버틸 수 없다— 아니, 이것은 원해서 하는 일이다—.

"……아얏………… 어."

두통. 두통이라는 현상이 느껴지자, 사와는 전율했다. 이제까지는 생각한다고 두통을 느낀다는 건, 있을 수 없는 일이었다.

또 탄환이 비처럼 쏟아졌다. 감정이 짜증으로 변화했다.

"성가셔……!"

분신인 쿠루미들에게 그 짜증을 쏟아부었다. 〈루키프구스〉【아리에】에 의해 쿠루미 두 명이 소멸했다.

그 쿠루미들은 체념한 듯한 미소를 머금은 채 사라졌다.

짜증이, 점점, 격해졌다.

후회해줬으면 했다. 절망해줬으면 했다. 악의를 보였으면 했다. 자신처럼 말이다.

하지만 그녀들은 살의와 사명감 이외의 그 무엇도 드러내지 않았다.

……어쩌면, 쿠루미는 그런 것을 드러내고 있다고 여길지도 모른다.

자신을 증오스러운 원수, 쓰러뜨려야만 할 숙적이라 여기면서 말이다.

하지만, 느껴지지 않는다. 전혀 느껴지지 않는다. 자신을 향하는 것은 기분 나쁜 연민뿐이다.

연민.

짜증이 파도처럼 몰려오면서, 증오심에 빠져드는 기분이 들었다.

살해 당한 상대가 불쌍하다고 생각하는 걸까. **죽이고 만 자신이야말로 불쌍하다**고 생각하는 걸까.

만약 그런 것이라면.

만약 그렇다면.

"아아—."

나의 이, 이 탁하디탁한 감정은 누구에게 쏟아내야만 할까.

대체 누구에게.

"……응. 있어."

토키사키 쿠루미의 친구. 그녀의 파트너이자, 이 기나긴 여로를 끝까지 함께 한, 아무런 배경도 과거도 인연도 없는, 순진무구한 소녀.

히고로모 히비키.

그녀야말로 해치워야 마땅한 적이다, 라고 야마우치 사와는 인식했다. 그리고, 두통에 사로잡혔다.

"……아야……."

그 두통이 바로, 야마우치 사와와 퀸을 가르는, 차이점이라고 할 수 있다. 퀸이려 하는 사와가 도저히 도달할 수 없는 감정인 것이다.

유령 같은 표정으로, 도미니언인 사와는 영력 탐사를 실행했다.

그 왜소하고, 연약한 영력을 집요하게 추적했다. 아아. 그래, 하고 사와는 생각했다.

『제너럴』이 어째서 그녀를 포박하려 한 건지 이해했다. 그녀의 영력을 철저하게 기억해서, 추적을 가능하게 하기 위해서였다.

"뭐, 그렇다면 그때 죽여버리는 편이 좋았겠지만 말이야"

탄식했다. 자신의 방심, 자신의 오만에 발목이 잡혔다고 생각했다. 하루살이에 불과하다고 여겼던 그녀가, 토키사키 쿠루미의 가장 큰 급소였다.

자.

아무래도 찾아낸 것 같다. 그럼 죽이러 가자. 서둘러, 망설임 없이, 사정없이. 더할 나위 없이 손쉽게.

◇

"아, 큰났다~."

입을 연 순간, 히고로모 히비키는 자신에게 닥친 지나치게 절대적인 위기를 감지했다.

애초에 히비키는 이런 기척에 민감했다. 특히 여왕의 것이라면 더 그랬다.

왜냐하면 한 번 잡혀서 세뇌당할 뻔했던 것이다. 아마 그때, 야마우치 사와라는 소녀도 자신의 기척 혹은 영력의 파장 같은 것을 기억했으리라.

자기 같은 하루살이…… 아니, 좀 귀여운 표현을 쓰자면 참새처럼 연약한 영력을 말이다.

"뭐, 상관없어요."

후후후~ 후, 하고 히비키는 웃었다. 실은 예상했다. 당연했다. 히고로모 히비키가 토키사키 쿠루미의 급소라는 건, 누구보다도 자신이 가장 잘 알고 있다.

그러니 케테르에 오지 않는 편이 좋았을 것이다. 호크마에서 쿠루미가 이기고 돌아오기를 기다리면 됐을지도 모른다.

한편, 히비키는 자신이 열쇠를 쥐고 있다는 것을 자각하고 있었다.

토키사키 쿠루미와 야마우치 사와(퀸)의 능력을 냉철하게 비교해본 결과, 야마우치 사와 쪽이 명백하게 우위에 있다. 그것은 쿠루미도(투덜대긴 했지만) 인정하는 바였다.

그런데도, 사와는 이제부터 쿠루미의 급소인 히비키를 죽이려 하고 있다. 쿠루미가 그것을 감지하면, 그녀는 히비키를 지키면서 싸워야만 한다.

분신이 있더라도 전력이 분산될 것이며, 싸움은 여왕이 압도적으로 유리해진다.

—하지만, 그것은······.

히고로모 히비키가 약자라는 가정 하에서의 이야기다.

"자, 그럼······ 죽어볼까요!"

환한 목소리로 그렇게 말한 히비키는 눈을 감으며 주위에 넘쳐흐르는 영력을 느꼈다. 꿀꺽하고 마른침을 삼킨 후, 그 무시무시한 가능성과 정면에서 마주했다.

그리고, 그 직후.

콰직, 하며 뼈가 부러지는 소리가 들렸다.

◇

히고로모 히비키가 숨어 있는 곳은, 넓은 도시 한편에 있는 조그마하고 밋밋한 아파트였다. 지붕을 뜯어내고 그녀를 끌어낼 수도 있지만, 쿠루미에게 비난당할 것 같았기에 순순히 문을 열려고 했다.

이 정도 거리라면 히고로모 히비키도 자신의 기적을 느꼈을 것이다. 하지만 밖으로 도망쳐도 죽고, 안에 숨어 있어도 죽는다는 사실을 알고 있으리라.

전형적인, 어느 쪽을 선택하든 배드 엔딩을 맞이하는 막다른 길이다.

그러니 그녀는 죽음을 앞두고 두려움에 떨거나, 각오를 다지거나, 혹은(구해줄 사람이 나타나기를) 기도하고 있을 거라고 생각했다.

전부 틀렸다.

두려움에 떨지도, 죽음을 각오하지도, 기도하지도 않았다.

히고로모 히비키는 태연하게 2층 문을 열고 밖으로 나왔다. 아파트에 막 도착한 사와는 히비키를 보고 눈을 치켜떴다.

"…………큭."

야마우치 사와는 한동안 느끼지 못했던 격렬한 감정에 휘둘렸다.

그것은 격노이자, 경악이었다. 히고로모 히비키는 모습이 완전히 변해버렸던 것이다.

"여왕 씨, 왜 그러죠? 설마 **이렇게 될 것을 간파하지 못했던 건가요?**"

목소리 또한 투명하게 변한 느낌이 들었다.

치아가 깨질 정도로, 이를 악물었다.

그렇다. 히고로모 히비키는 모습이 완전히 변했다. 여왕의 힘을 훔쳤을 때처럼 말이다.

　"……당신의 무명천사 〈왕위찬탈〉^{킹 킬링}은 이미 파괴됐을 텐데요."

　"네, 맞아요. 하지만 저는 그걸 써서 몇 번이나 위기 상황을 극복했을 뿐만 아니라, 토키사키 쿠루미란 정령으로 변하기까지 했거든요. 감촉이랄까, 그걸 썼을 때의 감각을 기억하고 있다고요."

　"말도 안 되는군요. 핸들 없는 F1 카로 헤어핀 커브를 도는 짓이나 다름없을 텐데요."

　"팔을 하나 뽑아서 핸들이 있던 데다 꽂으면 만사 오케이거든요."

　"—아, 그래요. 꽤 필사적, 이었던 건가요."

　그 말에, **여왕과 비슷한 모습이 된 히고로모 히키비**는 「딩동댕~이에요!」하고 외치면서 가슴을 폈다.

　무명천사 〈킹 킬링〉으로, 히고로모 히비키는 타인이 될 수 있다. 또한 타인의 능력 중 일부를 사용하는 것도 가능하다.

　그야말로 왕을 죽이는 노예처럼, 자칫 잘못하면 사용자가 파멸할 수도 있는 위험한 병기다.

　그리고 그것은 파괴된 후에도 히고로모 히비키의 내면에 잔재가 남아 있었다. 호크마에서 케테르로 이동하기 직전, 히비키는 그것을 눈치챘다.

히고로모 히비키의 모습은 흑백으로 이뤄져 있었다. 불완전하지만 완벽한 내적 세계를 지닌 모습이 된 것이다.

즉, 토키사키 쿠루미와 야마우치 사와. 악몽과 하얀 여왕^(나이트메어)(퀸)의 모습을 반씩 찬탈―한 것이다.

"당신의 감상이 듣고 싶네요."

"후후. 감상…… 말인가요."

히비키의 질문을 들은 순간, 사와에게서 살의가 뿜어져 나왔다. 히비키는 자신의 이 뜬금없는 최악의 아이디어가 성공했다는 사실에, 마음속으로 주먹을 말아쥐며 기뻐했다.

……말할 필요도 없겠지만, 히고로모 히비키의 변신에는 높은 리스크가 뒤따른다. 변장이나 성형 같은 것이라면 현실세계에서와 마찬가지로 인계에서도 어렵지 않다. 아니, 영력이 일반화되어 있는 인계에서라면 더 간단할 것이다.

하지만, 변신― 변모, 라고 불리는 현상은 인계에서도 매우 어렵다.

이것은 이미지의 문제다. 누구인지도 모르는 누군가로 변장하거나, 혹은 더 예뻐지기 위해 성형을 하는 정도라면 그 방면으로 뛰어난 준정령이 자신 혹은 타인에게 그 힘을 쓸 수 있을 것이다.

히비키처럼 특수한 무명천사를 지녔다면 옷차림과 능력마저 모방할 수 있을지도 모른다.

하지만 지금의 히비키에게는 그것이 없다. 없는데도, 변신을 해낸 것이다.

그것은 인간이, 호랑이를 보고— 호랑이가 되고 싶다고 바라는 것처럼 불가능한 일이다.

그것도 그럴 것이, 이미지를 잡을 수 없다. 인간은 호랑이의 마음과 감정을 이해할 수 없으며, 그 동작 감각과 수렵 성능도 상상할 수 없다.

만약, 가능하다면…….

그것은 극도의 고통을 동반하는 행위일 것이다. 골격부터, 근육부터, 피부부터 전부 다시 만들어야 한다. 피부를 벗겨내고 새로 붙여야 하고, 머리카락을 전부 뜯어내고 다시 심어야 하며, 근육을 비대화 혹은 축소화시켜야 할 뿐만 아니라, 뼈까지 티타늄으로 보강해야 한다— 현실세계로 치자면, 그런 짓을 한 것이다.

그것은 고문과 다를 것이 없다. 고문에는 최종지점이 있고, 해방되기도 한다. 하지만 이 고통에는 한도가 없다.

사실 히비키는 온몸이 으스러지는 듯한 고통을 필사적으로 참고 있었다.

그리고 사와 또한 그 점을 이해하고 있다.

그렇기에 사와는 어처구니없어하면서, 동시에 증오에 사로잡혔다. 이 여자는, 이 보잘것없는 준정령은, **야마우치 사와를 도발하려는 이유만으로**, 그것을 해낸 것이다.

"축하해요. 당신의 목적은 달성됐어요."

"오오~. 80% 정도는 성공할 거라고 생각했지만, 그래도 기쁘네요."

"네. 답례 삼아 지금 바로 죽여드리죠."

〈루키프구스〉의 총에서 탄환이 발사되자— 모방한 여왕의 사브르로 쳐냈다.

"홋홋홋. 어떤가요아야야야야야얏!"

탄환의 충격 탓에 참고 있던 고통이 파열된 것처럼 온몸으로 퍼져나갔다.

"뭐, 그렇겠죠. 어이없는 자멸 행위예요. 질문 하나만, 해도 될까요?"

"아, 네. 귀와 턱 사이에 큼직한 바늘이 꽂힌 것처럼 아프지만, 제가 답할 수 있는 질문이라면 해드릴게요."

"어째서, 그렇게까지 하는 거죠?"

물론 사와는 이해하고 있다. 쿠루미를 위해서일 것이다. 하지만, 그렇더라도 이건 자살이나 다름없는 짓이다.

"……원래대로, 되돌릴 수 없잖아요?"

"으, 윽. 거기까지 들킨 건가요."

그것도 그럴 것이, 되돌릴 수 없다. 히고로모 히비키는 자신의 얼굴을 버렸다. 이제부터 그녀는 거울을 볼 때마다 쿠루미 같은, 혹은 사와 같은 자신의 얼굴을 보게 된다.

상상조차 불가능한 절망이다.

게다가, 그렇게 해서 얻은 것은 조금이나마 토키사키 쿠루미의 싸움에 공헌했다는 것에 불과했다.

칭찬도, 포상도, 연민도 얻을 수 없는데, 왜 그렇게까지 하는 것일까.

"……저는 이제 쿠루미 씨와 같이 있을 수 없어요."

히비키는 말했다.

"그렇다고, 쿠루미 씨를 잡는 건…… 뭐, 생각 안 해본 건 아니지만 말이죠? 그래선 제가 아는 쿠루미 씨가 아니게 될 거란 생각이 들더라고요."

히비키는 고백했다.

"이 헌신 때문에 쿠루미 씨가 흔들릴지도 모르지만, 최종적으로 쿠루미 씨는 현실을 선택할 거라고 확신해요. 그래야, 제가 아는 토키사키 쿠루미니까요."

넘어서고, 넘어서고, 또 넘어선다.

그 어떤 고난과 역경도 전혀 개의치 않으며 걸어가고, 올라간다.

"그러니까, 뭐— 후후."

그리고 히고로모 히비키는, 즐거운 듯이 웃었다.

"마지막으로 깜짝 놀라게 해주고 싶었어요. 와하하하하! 이번에야말로 제가 이겼을 거예요! 보면 완전히 질려버릴지도 몰라요!"

"그러고 있어요. 어마어마하게 질렸답니다."

히비키가 약간 자포자기한 투로 한 말에 대답한 이가, 하늘에서 내려왔다.

"정말 어이가 없군요. 안 그래도 아까까지의 당신은 쳐다보기도 싫을 정도까지는 아닌 적당히 봐줄 만한 얼굴이기는 했지만, 그래도 유니크 그 자체인 히고로모 히비키의 인상이 아직 남아 있었는데 말이죠."

"저기, 쿠루미 씨? 중상비방이 섞인 것 같거든요?"

"―이제는, 히비키 씨의 인상이 남아 있지 않아요."

슬픔이 어린 목소리가, 히비키의 귓속으로 스며들어왔다.

"그래도, 괜찮아요. 자, 함께 싸워요. 에헤헤, 저도 어느새 이런 대사를 할 수 있게 됐네요."

그 슬픔을, 천진난만함으로 지웠다.

후회와 절망과 달관은 미뤄두고, 지금 이 자리에서는 전력을 발휘한다. 그 모습을 짜증 섞인 눈길로 쳐다본 사와는 〈루키프구스〉를 치켜들려다…….

"……아얏……."

두통 탓에, 인상을 찡그렸다.

"――."

쿠루미는 사와를 관찰했다. 정확하게는 그녀의 **두발**을 주시했다. 히비키도 눈치챈 건지, 쿠루미의 소매를 잡아당겼다.

"알고 있답니다. 하지만, 아직 멀었어요. ……히비키 양. 이런 말을 할 필요는 없겠지만, 지옥 밑바닥까지 함께할 각오가 되어 있나요?"

"물론이죠!"

"그런가요. 그럼…… 가죠!"

쿠루미와 히비키가 함께 도약했다. 동시에, 살아 남아있던 열두 명의 분신도 도약했다.

"짜증 나네요……!"

여왕이 울부짖었다.

처음 선보인다고 해도 과언이 아닌 명료한 분노에 한탄하면서, 동시에 악몽은 기쁨을 느꼈다.

서로는 예감했다— 몇 분 후, 전부 결판이 난다.

마지막에 선 자가 누구일지, 그것만이 미지수였다.

◇

"【여덟과 전갈의 탄환】!"
헤트 아크리브

첫수, 야마우치 사와는 기묘한 책략을 내놨다. 자신의 팔 하나를 뜯어내더니, 그 팔에 탄환을 쐈다. 순식간에 부풀어 오른 그녀의 팔은 퀸의 분신으로 변했다.

"맡기겠어요."

"알겠어요."

분신인 여왕이 히고로모 히비키를 노려보았다. 히비키는 납득했다.

"『저희들』은 저쪽에 가세하세요! 사와 양은 제가 쓰러뜨리겠어요!"

"알겠어요!" × 12

한 목소리로 응답한 열두 명의 분신 쿠루미들이 분신인 여왕을 노렸다. 분신 여왕이 고함쳤다.

"〈루키프구스〉!"

천문시계가 발동했다. 그와 동시에 뜯어낸 팔을 순식간에 재생시킨 야마우치 사와도 말했다.

"〈루키프구스〉."

두 개의 천문시계를 본 쿠루미가 눈을 치켜떴다.

"쓸 수 있나요……?!"

"오른팔을 희생해서 만든 분신이니까, 그 정도도 못 하면 곤란하죠."

사와는 태연하게 답했다. 팔은 즉시 재생됐지만, 그렇다고 고통을 느끼지 않은 건 아니리라. 분신, 이라기보다는 분열…… 자신의 힘을 분리한 것에 가까울 것이다.

"【아리에】."

공간을 도려내는 탄환이 사방팔방으로 날아갔다. 분신인 쿠루미들이 허둥지둥 회피했다.

"히비키 씨, 받아요!"

"잘 쓸게요!"

분신 쿠루미 중 한 명이 던져준 고풍스러운 총을 넘겨받은 히비키가 그것을 빙글 회전시킨 후에 조준했다.

타이밍을 맞춘 것처럼, 분신들도 일제히 총을 쐈다. 그리고 히비키는 아슬아슬한 타이밍에, 여왕의 【아리에】를 피했다.

"예상대로……!"

확실히 분신인 그녀는 〈루키프구스〉를 쓸 수 있지만, 그렇다고 모든 능력을 완벽하게 사용할 수 있는 건 아니었다.

나눠 받은 힘은 약체화되고, 분리된 이능은 쇠퇴하기 마련이다.

분신인 쿠루미가 〈자프키엘〉을 쓸 수 없는 것과 원리적으로 같다.

그렇기에 【아리에】의 특성인 추적은 쓸 수 없다. 그렇다면, 그것은 공간을 도려내며 일직선으로 날아갈 뿐인 우직한 탄환에 지나지 않는다.

물론, 맞으면 죽는다. 맞지 않으면 죽지 않는다.

"노리겠어요!"

히비키는 그렇게 말한 후, 총으로 조준했다. 미간을 노리며 방아쇠를 당겼다. 동작은 흔들림 없이 매끄러웠다. 마치 물 흐르듯 자연스러운 동작이었다.

총을 다루는 기량은 자세 잡고, 조준하고, 방아쇠를 당긴다는 세 가지 액션으로 귀결된다. 토키사키 쿠루미와 야마우치 사와는 초일류이며, 히고로모 히비키는 일류에 미치지 못하는 이류 수준일 것이다.

하지만, 그것은 원래의 히비키였을 때의 이야기다.

지금의 그녀는 쿠루미와 사와의 기량을 약간이지만 계승했다. 여왕의 분신이 〈루키프구스〉를 쓸 수 있듯, 히고로모 히비키의 기량은 두 사람에 근접하는 경지에 이르렀다.

　탄환은 미간에 정통으로 꽂혔다. 몸을 앞으로 숙이고 있던 퀸이 뒤편으로 몸을 젖힐 만큼 예술적인 카운터였다.

　하지만. 머리가 박살 나지는 않았다.

　"튼튼하네요…… 이…… 이……!"

　히비키는 적당한 말을 하려다 관뒀다. 적당한 비유가 생각나지 않았지만, 어차피 쿠루미한테도 해당할 것 같다는 생각이 들었기 때문이다. 그랬다간 등 뒤에서 총알이 날아올지도 모른다. 진짜로 쏘지는 않겠지만, 왠지 총 맞은 느낌이 들 것 같았다!

　"—시끄럽다. 역시 그때 해치웠어야 했나."

　자신만만한 미소를 머금은 분신이 옆에 있는 사와에게 그렇게 말했다. 사와는 짜증이 난 것처럼 혀를 차면서 그 제안에 동의했다.

　"네. 그러니 이제 놓치지 않겠어요. 해치워버리세요, 『제너럴』."

　"물론이지."

　사와의 말을 들은 쿠루미가 고개를 끄덕였다. 그녀는 분리한 자신의 몸에, 신뢰하는 인격을 설계해놓은 것 같았다. 하지만, 그렇다면—.

일단 그 생각은 제쳐뒀다. 사와가 【아리에】를 쏴서, 쿠루미와 히비키를 분단시켰다. 그 탄환이 의미하는 바를, 다들 이해했다.

"1 대 1 좋죠……! 뭐, 이쪽에는 분신 여러분이 있지만요!"

히비키 일행과 『제너럴』이 정면에서 격돌했다. 그들은 뒤엉킨 채 지상으로 추락했다.

지붕을 부수며 들어간 곳에는 복고적인 분위기의 카페가 있었다.

히비키는 가게 카운터에 있던 커다란 물병을 걷어찼다. 『제너럴』이 반사적으로 사브르를 휘둘러 물병을 베자, 흩뿌려진 물이 그녀의 시선을 한순간 가렸다.

"접근하겠어요!"

그 한 마디에, 쿠루미의 분신은 히비키가 뭘 하려는 건지 이해했다. 그리고 그것이 매우 유용하지만 목숨을 걸어야 하는 전술이라는 점도 말이다.

사브르를 휘두른 『제너럴』을 상대로, 히비키 일행은 수적 우세를 이용한 포위로 사브르를 봉쇄했다. 근접전투를 넘어선 최종전투, 만원 전철을 연상케 하는 밀도 속에서 『제너럴』과 히비키 일행을 사투를 벌였다.

기량에 숫자로, 이능에 숫자로 맞서는, 살을 내주고 뼈를 끊는 게 아니라 살과 뼈를 다 내주는, 자폭을 각오한 작전이다.

그리고 그것이, 적대자에게는 실로 효과적이었다.

"성가시군······!"

"네, 맞는 말이에요! 성가시게 해서 미안해요! 하지만 싸움이라는 건 다 그런 거라고 저는 생각하거든요!"

『제너럴』은 제로 거리에서의 사격을 인지를 초월한 움직임으로 피하고, 피하고, 스쳐 맞고, 피했다. 쿠루미의 분신이 발을 잡으려 했지만— 실패했다. 오히려 바닥을 나뒹군 분신이 사브르에 찔렸다.

"큭······!"

분신 한 명이 소멸하자, 『제너럴』은 걷어치 올린 사브르를 거머쥐려 했다. 히비키가 그것을 저지하기 위해 사브르를 향해 총을 휘둘렀다. 『제너럴』은 사브르로 히비키를 베려 했지만, 쿠루미들의 사격을 피하느라 그럴 수 없었다.

후퇴하려 해도 막혔고, 돌격하려 해도 막혔다. 하지만 히비키와 쿠루미의 분신들도 계속 상처 입고 있었다.

어지러울 정도로 공방과 상황이 변화하고 있었다.

이 자리에 있는 전원이 한순간 모든 목적을 망각했다.

투명한 살의, 순수한 투지. 눈앞에 있는, 인연으로 뒤엉켜 있는 이 소녀를.

기분이 풀릴 때까지 박살을 내버리겠다······!

"하아아아아아아아아아아앗!"

히비키가 울부짖으며, 『제너럴』의 얼굴에 총을 겨눴다.

『제너럴』은 단총을 움켜쥐더니, 눈앞에 있는 히비키에게 사격—한 반동을 이용해, 등 뒤에 있는 쿠루미에게 팔꿈치를 꽂았다. 미처 피하지 못한 히비키의 오른쪽 눈이 탄환에 뭉개졌다. 그 대가로, 히비키 또한 여왕에게 상처를 입혔다.

『제너럴』은 회복할 수 없다. 접근전을 벌이고 있어서가 아니라, 여왕의 치료방법—【물병의 탄환】^{드리}는 필드 범위형 회복 술식이기 때문이다.

이 거리에서 그것을 쓴다면 자신만이 아니라 상처를 입은 쿠루미의 분신들과 히고로모 히비키도 치유하고 만다. 그런 어리석은 짓은 할 수는 없는 것이다.

물론 히비키와 쿠루미도 【달렛】을 쓸 수 없다. 상처도, 고통도, 절망도, 전부 남아 있다.

내구력 승부, 라기보다 신념의 승부다.

상대를 철저하게 두들겨 패고 걷어차서 해치운다— 마지막의 마지막의 마지막까지, 의지의 힘으로 선 채 말이다.

"질, 수, 는, 없, 어~!"

히고로모 히비키가 모든 힘을 다해 날린 오른손 스트레이트가, 『제너럴』의 안면에 작렬했다.

◇

기백 승부 중인 히고로모 히비키와 여왕의 분신과 달리, 토키사키 쿠루미와 야마우치 사와의 최종결전은 모든 기량

과 이능을 동원한 처절한 사투였다.

"【달렛】!"

"【드리】!"

거리를 벌린 후, 상처 입은 자신을 보수했다. 서로가 머리 위를 잡으려고 위치를 바꿨고, 사격하면서 최적의 위치를 계속 찾았다.

지붕 위를 달리면서, 하늘을 나는 적을 향해 방아쇠를 당겼다. 혹은 좁디좁은 골목에서 온갖 구조물을 이용하며, 몸과 위치를 바꿨다.

그러면서, 서로에게 마음을 퍼부었다. 질량이 존재한다고 착각할 정도의 마음을 말이다.

"……어째서, 그를 위해 이렇게까지 하는 거야?"

"그건 제 마음이지 않을까요? 사와 양이야말로 왜 저를 방해하는 거죠?"

"방해. 그래. 너는 방해되니까 죽이는구나. 나도, 나 이외의 다른 사람도 말이야."

"그건—"

"방해받았으니까, 방해할 권리는 나에게도 있지?"

웃으며 그렇게 말한 순간, 그녀의 머리카락이 조금 흔들렸다. 사와 본인은 눈치채지 못했지만, 쿠루미는 그것을 확인했다.

"그럴지도, 모르겠군요. 하지만, 인계까지 휘말리게 한 건 당신이에요."

……그렇다.

인계를 휘말리게 했다. 여기서 열심히 사는 소녀들을 휘말리게 했다. 그녀들은 아무 짓도 하지 않았다. 설령 했더라도, 불합리하게 살해당할 정도는 아니다.

"반오인 카레하를, 저는 아직 잊지 않았어요."

"……그게 누구인데?"

그 대답을 들은 순간, 쿠루미는 환하디환한 미소를 지으며 사와의 얼굴을 후려쳤다.

"실례했어요. 감정에 휩쓸려서 행동하고 말았군요. 하지만, 어쩔 수 없답니다. **멋대로 사랑하게 만들어놓고 멋대로 소멸시켰으면서**, 그런 짓을 한 상대의 이름마저 잊는 건 너무하지 않을까요."

"아…… 그래. 『레이디』가 이런저런 책략을 꾸몄지. ―하지만 사랑에 빠진 쪽의 잘못 아닐까? 어차피. 그 정도 감정에 불과했던 거야."

"사와 양답지 않은 고약한 발언이군요. 자기가 죽여놓고 죽은 쪽이 나쁘다고 말하는 거나 다름없어요."

방금 발언은 야마우치 사와가 했다기보다, 퀸의 잔인함이 드러나는 말이었다. 그래서 쿠루미는 주저 없이, 사와의 말을 규탄했다.

사와는 쿠루미의 말을 듣고 눈을 동그랗게 뜨더니, 그 후

(아마 무의식적으로) 자신의 머리카락을 만지작거렸다.

그리고 또, 그녀의 **색깔**이 흐트러졌다.

"……아얏……."

욱신. 아마 그녀도 이해 못 할 영문 모를 고통이 그녀를 덮친 후에 사라졌다.

"그런데 질문이 하나 있답니다."

"……뭔데?"

심호흡. 쿠루미의 눈에는 이제까지 볼 수 없었던 감정이 떠올라 있었다.

"—당신, 정말 **퀸**인가요?"

의문. 그렇게 불리는 감정이다.

"어떤, 의미야? 나는 야마우치 사와이자 퀸이야. 아무리 모습이 바뀌었더라도—"

"네. 모습이 아니라 과거의 기억과 감정이 사와 양이라면, 저는 주저 없이 당신을 사와 양이라고 부르겠어요. 하지만 당신이 지닌 것 중에서 올바른 사와 양인 건 과거뿐이랍니다. 제가 아는 사와 양이라면, 아무리 타락하더라도— **사랑에 빠진 소녀를 멸시하지 않을 테죠.**"

"……윽!"

신뢰에 찬 그 발언을 들은 순간, 사와는 무심코 총의 방아쇠를 당겼다. 접근해있던 쿠루미는 총의 몸통을 때려서 탄환을 빗나가게 했다.

"한 번, 더, 묻겠어요."

다짐을 받는 듯한/혹은 죽일 듯한 눈길을 머금으며, 토키사키 쿠루미는 물었다.

"당신은, 진짜로, 자기가 야마우치 사와라고 생각하나요?"

"헛소리…… 하지 마……."

"아까부터 머리가 아픈가 보군요, 사와 양."

"……입 좀 다물어줄래? 쿠루미 양."

밀쳐내는 듯한 발언이었다. 쿠루미는 냉정하게, 냉철하게, 사냥꾼의 관점에서 야마우치 사와를 관찰했다. 사와는 아마 이해하지 못했겠지만, 제삼자의 시점에서 사와를 보고 있는 쿠루미는 알 수 있었다.

한 마디로 말하자면, 분리.

이제까지, 야마우치 사와와 퀸은 동일 인물로서 이어져 있었다. 원래의 두 사람은 사상과 동기와 취미와 혐오대상이 완전히 달랐지만…….

―토키사키 쿠루미가, 믿다.

그 마음만으로, 두 사람은 공범자이자 동일 인물이었다. 그리고, 아마 그 모순을 봉인하기 위해서 다수의 인격을 만들어냈다.

『장군』, 『영애』, 『사형집행인』, 『공작원』, 『정치가』, 『상제(上帝)』.

인격을 빈번하게 바꿔서, 발생할지도 모르는 모순을 항상 수정했다. 야마우치 사와와 퀸은, 원래라면 섞여선 안 되는 존재다.

하지만 사와가 표면에 나와서 쿠루미와 싸우게 되자, 모순을 수정할 수 없게 됐다.

컴퓨터의 캐시 메모리가 쌓인 것처럼, 그녀에게는 서서히 문제가 일어나고 있었다.

"눈치 못 챈 것 같은데, 당신의 머리 색깔이 서서히 되돌아가고 있답니다."

"……!"

사와는 반사적으로 자기 머리카락으로 손을 가져갔다. 쿠루미의 표정을 보고 거짓말이 아니라고 판단한 것이다. 그 말이 의미하는 바를 이해한 순간, 처음으로 사와의 얼굴이 혐오에 사로잡혔다.

"이, 건……."

"결국, 목적이 일치하기에 이뤄진 공범 관계죠. 지금의 사와 양과 반전체인 『저』는, 어긋나있어요."

그것은 표충적인 감정과 본능의 다툼이다. 어긋나기 시작한 시곗바늘이 다시는 일치하지 않듯, 한 번 어긋난 그녀는 그 위화감에 괴로워하기 시작했다.

사와는 번민하며/여왕은 괴로워하며, 결국 그 사실을 인정했다.

"……그럴, 지도 모르겠어……."

언젠가 찾아올 파탄이다. 사와의 증오와 반전체의 증오는, 종류가 다른 것이다.

사랑하는 사람에게 배신당해 증오에 사로잡힌 소녀와, 존재 자체가 증오만으로 이뤄진 소녀니까…….

"……하지만, 덕분에…… 보이기 시작한…… 것도 있어."

"……보이기 시작한 것?"

"이 상황에서도— 손을 더럽히고 싶지 않다, **마지막 선을 넘고 싶지 않다.** 쿠루미 양이 그렇게 바라고 있다는 거야!"

피를 토하듯 그렇게 외친 사와가 총을 쐈다.

저 여유가 밉고, 저 연민이 싫다……! 밉다, 밉다, 밉다! 꼭, 반드시, 지금 바로 없애버려야 한다!

그러지 않았다간, **내가 나로 있을 수 없다!!**

밴시#1처럼 찢어지는 소리를 내며, 사와는 총을 난사했다. 쿠루미는 몸을 숙여 그것을 피한 후, 재빨리 그 자리를 벗어났다.

여왕은 무턱대로 그런 쿠루미를 쫓았다.

그 눈은 살의와 증오로 탁해져 있었으며, 여왕을 여왕으로 존재하게 해주는 여유가 사라졌다.

심호흡. 타이밍을 본다면 바로 지금일까, 하고 쿠루미는 생각했다. **지금이 바로 그 필살의 탄환을 쏠 때일까.**

쿠루미는 야마우치 사와를, 지그시 살펴봤다.

#1 밴시(Bean sí) 북유럽 민화 속의 요정. 울음소리로 가족의 죽음을 예고한다고 한다.

여왕의 내면 깊은 곳에 있던 절망에, 드디어 도달한 느낌이 들었다. 지금이 기회라는 생각이 들었다. 하지만, 한편으로 쿠루미가 길러온 경험은 그녀의 무른 생각을— 혹은 매달리고 싶어지는 희망을 부정했다.

그녀는 화가 났을 뿐이다. 1초 후에 다시 냉정해질지도 모른다. 이쪽이 공격 태세에 들어선 순간, 능력을 다시 발휘할 수 있는 상태가 될지도 모른다.

아직이다. 사와를 동요하게 만든 것은 토키사키 쿠루미의 선득점이라고도 할 수 있겠지만, 이 상황에서 그 탄환을 쓰는 건 역시 무모하다.

그 탄환을 쓰는 건, 역시—

"**그때** 뿐이겠죠."

인간이든 짐승이든 정령이든, 생명체에게는 약체화되는 순간이 반드시 존재한다.

그때를 이제부터 찾는다. 아무리 먼 길을 돌아갈지라도, 그 과정에서 자신이 얼마나 죽음에 다가서게 될지라도…….

토키사키 쿠루미의 판단은 옳았다. 사와는 쿠루미를 쫓으면서 곧 동요에서 벗어났다. 그 사실을 증명하듯, 사와는 도미니언으로서의 권한을 행사했다.

"……!"

또 추억의 장소가 나타났다. 게다가 이번에는 그 규모가 매우 좁았다.

"……아……."

땀이 났다. 심장이 뛰었다. 나쁜 추억은 없다. 좋은 추억만 가득 담긴 장소. 단, 그 좋은 추억이란…… 어느 날을 경계로 해서, 시꺼멓게 덧칠되고 말았다.

"사와 양의 집이라니……. 정말……. 히비키 양은 다락방이 어울리려나요."

히비키가 들었다면 발끈하며 항의할 법한 말을 중얼거렸다. ……히비키의 기척은 집 안에서 느껴지지 않았다. 아마 밖에 있을 거라고 쿠루미는 생각했다.

그렇다면, 여기에는 자신과 사와 뿐이다. 하지만— 이곳은, 여러모로 불리했다. 쿠루미의 무기는 총이며, 단총은 몰라도 장총은 실내에서 다루기엔 총신이 20센티미터 정도 길었다.

그에 비해, 사와— 퀸의 〈루키프구스〉는 사브르와 권총이란 조합이다. 사브르를 휘두를 때는 여러모로 신경을 써야겠지만, 장총보다는 편할 것이다.

20센티미터 차이, 무기 카테고리의 차이가 이제 와서 쿠루미를 무겁게 짓눌렀다.

"냉정함을 되찾은 것 같군요. 잘 됐어요, 사와 양. 별것 아닌 도발에 발끈한 바람에 당해버리는 건, 저희에게 어울리지 않으니까요."

"프로 축구에는 본거지가 있지? 팀마다 지역이 다르지만 말이야. 그래도 본거지에서 시합할 때는 승률이 높아진대."

"어머, 잘 아시는군요. 축구를 좋아하나 봐요?"

"딱히 그런 건 아냐. 아빠는 좋아했지만 말이야."

"그럼 잡학다식한 사와 양은 무슨 이야기가 하고 싶으신 거죠?"

"그러니까, 나는…… 여기서 쿠루미 양에게 이길 생각이야."

뚜벅, 뚜벅, 뚜벅, 하며 서로를 향해 걸어갔다. 이곳은 야마우치 가가 자랑하는 8평 거실이다. 예전에 여기에서는 그녀의 가족, 그리고 고양이가 있었다. 하지만 지금은 살의를 뿜고 있는 두 사람뿐이다.

"역시, 이럴 때는…… 정정당당히 승부, 같은 말을 해야 하려나?"

"아뇨. 이럴 때는…… 이럴 때야말로, 이래야겠죠."

쿠루미는 그렇게 말하더니, 호주머니에서 동전을 꺼냈다. 1903년에 미국에서 만든 1달러 은화— 통칭 모건 달러라 불리는 그것은 일본의 500엔 동전을 능가하는 넓이와 무게를 지녔으며, 수집가 사이에서도 거래되고 있다.

"왜 그런 걸 꺼낸 거야?"

"전에 이 집에서 본 적이 있답니다. 이건 꽤 희귀한 물건이죠."

사와는 그 말을 듣고 납득했다. 그녀의 아버지는 일 때문에 해외 출장이 잦았다. 그래서 돌아올 때는 선물 삼아 희귀한 물건을 구해 와서 자식을 기쁘게 해줬다.

하지만 그중에는 사와의 흥미를 끌지 않는 물건도 있었다. 해외의 동전도 그런 것 중 하나다.

쿠루미는 몇 번이나 이 집에 놀러 왔었으니— 기억하고 있을 것이다.

"사와 양, 각오는 됐나요?"

"쿠루미 양이야말로 어때?"

두 사람은 빙긋 웃었다. 서로의 미소는 소녀처럼 순수하고, 악마 같으며, 또한 교활함이 어려 있었다.

침묵. 쿠루미가 손가락으로 튕긴 동전이 허공을 갈랐다. 서로가 천사/마왕을 움켜쥐었다.

온기와, 애정과, 단란함으로 가득 찬 거실과 전혀 어울리지 않는 두 사람이.

이 자리에 어울리지 않는 피범벅이 된 무기를 쥔 채.

"〈자프키엘〉." "〈루키프구스〉."

최후의 사투를 시작했다.

◇

"저는 여기까지예요. 히비키 양. 뒷일을—"

"네!"

쿠루미가 만들어낸 분신 중 마지막 한 명이 원통하다는

듯이 소멸했다. 히고로모 히비키가 쥔 총에 금이 갔다. 히비키는 인상을 쓰면서, 영력을 불어넣어 그 존재를 유지했다. 하지만 소유자가 소멸했으니 이 총도 소멸을 피할 수 없다. 영력을 불어넣어서 소멸을 늦추기는 했지만, 바닥없는 항아리에 물을 붓는 것이나 다름없다.

아마 3분 안에, 손에 쥔 무기는 소멸할 것이다.

그리고.

히비키는 『제너럴』을 쳐다봤다. 서 있으며, 숨도 쉬고 있다. 하지만 사브르와 권총은 손에 쥐고 있지 않았고, 머리와 오른팔 팔뚝 및 왼발 허벅지에서 극심한 출혈이 발생했다. 게다가 왼발이 골절된 탓에 질질 끌면서 걷고 있다.

만신창이— 즉시 숨통이 끊어져도 이상하지 않을 정도다.

하지만 아직 살아있으며, 싸울 수도 있다. 그 흉포한 눈길은, 히비키를 죽일 여력이 남아 있다며 외치고 있었다.

히비키 또한 상처를 입었다. 가장 심각한 것은 망가진 오른쪽 눈이다. 탄환을 미처 피하지 못했다. 사브르에 베인 왼손 새끼손가락도 겨우겨우 붙어 있었다. 쿠루미의 【달렛】으로 복구할 수 있을지도 모르지만 잘린 손가락도 붙일 수 있을까, 같은 어이없는 생각을 히비키는 했다.

인계에 사는 준정령들에게는 육체가 없다.

하지만 혼은 초조와 절망과 투지에 의해 땀을 흘린다. 어깨를 들썩이며 거친 숨을 내쉬고 있으며, 팔을 움직이는 건

고사하고 한 걸음 내딛기만 해도 온몸의 힘이 다 빠져나간 것처럼 나른했다. 열도 있겠지만, 피를 너무 흘린 탓에 오한이 몰려왔다.

남은 사격 횟수는 세 번…… 아니, 두 번이 한계일 것이다. 그 후에는 맨손으로 싸울 수밖에 없다.

"너나…… 나나…… 다 죽어…… 가는걸……."

오래간만에 『제너럴』이 입을 열었다.

"그, 네요. 저도, 슬슬 위험해요."

"하지만…… 조건은, 다르지. 나는…… 이대로 죽어도 상관없지만…… 너는…… 너는……."

응, 그건 그래— 하고 히비키는 납득했다. 패배는 물론이고, 무승부도 히비키에게는 허락되지 않는다. 자신이 죽으면, 야마우치 사와의 목적은 달성된다.

"……그럼, 이길 뿐이에요. 애초에, 죽을 생각, 없거든요……!"

히비키가 그렇게 말하면서, 떨리는 손으로 총을 치켜들려던 순간— 온 힘을 다한 일격이, 총에 작렬했다.

사브르의 칼날이, 〈자프키엘〉을 두 동강 낸 것이다.

"아, 아아…… 아아아……!"

"됐…………다…………!"

히비키는 아연실색한 표정으로 무릎을 꿇었고, 『제너럴』은 승리의 기쁨에 표정이 일그러졌다. 히비키는 공허한 눈동자로, 다가오는 그녀를 응시했다.

―어쩌면 좋을까.

실은, 이미 그 답을 알고 있다. 해야만 하는 일은 단 하나뿐이다. 실패하면 죽지만, 안 해도 죽는다.

그러니 해야만 한다. 하지만…….

(……아아, 무서워…….)

패배가 무섭다. 죽는 게 무섭다. 쿠루미 씨를 만날 수 없게 되는 게 너무 무섭다. 하지만, 결국 가장 무서운 건 따로 있다.

"이걸로…… 끝이다……!"

히비키가 죽어서, 토키사키 쿠루미가 자신을― 슬픈 추억 카테고리에 집어넣는 게 가장, 무섭다……!

고개 숙인 히비키의 목을 향해 사브르가 휘둘러졌다. 그 직전, 히비키는 최후의 기력을 쥐어 짜냈다.

첫수, 히비키는 발을 움직였다. 무릎을 꿇은 채로 발을 앞으로 옮겨서, 한쪽 무릎만 꿇은 자세로 바꿨다. 발만 움직였을 뿐인지라, 사브르를 휘두르기 직전인 제너럴은 그 움직임을 눈치채지 못했다.

두 번째 수, 히비키는 힘차게 두 손을 들어 올렸다. 그 두 손으로 사브르의 칼날이 아니라, 사브르의 자루와 자루를 쥔 손을 노렸다.

"―!!"

『제너럴』의 반응은 대단하다고 평할 수밖에 없었다. 히비키의 공격이 진검 맨손 잡기, 정확하게는 사브르를 빼앗는 것과 공격을 막는 것이라는 것을 눈치챈 그녀는 다른 손에 쥔 권총을 놨다. 자루와 손을 향해 히비키가 날린 공격에 별다른 대미지를 입지는 않겠지만, 한 손으로 막으려 하다간 균형을 잃고 사브르를 빼앗길지도 모른다.

공격을 멈춘 후, 다른 한 손으로도 사브르의 자루를 쥐었다. 양손으로 사브르를 꼭 쥔 후,『제너럴』은 기다렸다는 듯이 공격을 재개했다.

정말 신속하고 정확한 반응이었다. 한 손으로 휘둘렀다면 자루와 팔을 잡혀 공격이 저지됐을 것이며, 이 싸움은 더욱 뒤얽혔을 것이다.

하지만, 사실 히비키가 가장 우려한 것도 바로 **그것**이었다.

양손으로 휘두른 사브르와, 힘차게 내지른 히비키의 손바닥.

격돌.『제너럴』은 두 손으로 검을 쥐느라 공격이 약간 늦어졌다. 휘두르는 쪽이 유리하다는 것은 자명한 이치지만, 그 바람에『제너럴』의 힘이 사브르에 충분히 전달되지 못했다.

격돌의 결과는 무승부. 사브르가 완전히 휘둘러지기 전에, 아래편에서 히비키가 날린 공격에 막혔다.

하지만『제너럴』은 당황하지 않았다. 히비키가 몸을 일으키든, 자신에게 달려들든, 어떤 행동을 취하더라도 자신이 선수를 칠 수 있다.

다시 사브르를 휘둘러서 히비키의 목을 친다. 그것으로,

끝——.

  히비키가 선택한 최후의 수는, 『일어선다』도, 『달려든다』도
아니었다. 히비키가 노린 것은 사브르로 목을 치는 것에 집착
한 『제너럴』의 움직임을 잠시 늦추는 것이며, 상대의 움직임
이 정지된 순간에 **그녀가 방금 버린 물건을 줍는 것이었다.**

  "아——."

  히비키의 손에는 〈루키프구스〉가 쥐어져 있었다. 정밀기계
같은 단총이, 정확하게 『제너럴』을 조준했다. 사브르를 치켜
들기는 했지만, 소녀는 이미 이해했다.

  —아아, 늦었나.

  쐈다. 정확하게 조준한 후, 살의를 담아 탄환을 발사했다.
일직선으로 날아간 탄환은 흉부로 파고 들어가서 심장을
꿰뚫는다고 하는 치명상을 입혔다.

  충격 탓에 몸이 뒤편으로 젖혀졌다. 『제너럴』에게는 사브
르를 휘두를 힘조차 없었다.

  그리고 히고로모 히비키는 인정사정없었다. 살아남기로
마음먹은 만큼, 그것을 방해하는 상대에게 정을 베풀 여유
는 없다. 그래서, 몸을 일으키며 또 방아쇠를 당겼다. 다섯
발. 과잉 살상^{오버 킬}이라고 해도 과언이 아니지만, 그래도 히비키
는 그녀가 완전히 소멸될 때까지 불안과 절망에 사로잡혀
계속 총을 겨누고 있었다.

  『제너럴』은 자신의 가슴을 손으로 만져보더니, 손을 적신

피를 보고— 약간 만족한 것처럼 미소 지었다.

"⋯⋯⋯⋯실력이 좋은걸."

그 칭찬에는 진심이 어려 있으며, 그 목소리에는 기묘한 감정이 어려 있었다.

그녀는 방금 만들어진 분신이며, 여왕의 모방 그 이상도 이하도 아니다. 하지만 그 칭찬과 감탄에는 기묘하게도 안도가 어려 있었다.

그 탓일까. 히비키는 무심코 그 말을 입에 담았다.

"저도⋯⋯."

"⋯⋯?"

"저도, 얼마 남지 않았어요."

아주 약간 자포자기하며, 될 대로 되라는 듯이. 히비키는 1분도 채 지나기 전에 사라질 소녀 앞에서, 어울리지도 않게 본심을 털어놨다.

"너답지 않군."

"저에 대해 뭘 안다고 그딴 소리를 하는 거예요, 짜샤."

히비키가 대들자, 『제너럴』은 웃음을 흘렸다.

"잘 알지. ⋯⋯알고말고. 하지만, 히고로모 히비키는 **그쪽** 길을 선택했어. 그 책임은, 다른 누구도 아닌 너한테 있다."

"그건—"

"가라, 나아가라, 개척하라. 너는 그런 생물일 텐데?"

히비키는 그 말을 듣고 마른침을 삼켰다. 이 사람, 싫네.

나보다 나에 대해 더 잘 알아. 히비키는 그렇게 생각하며 돌아섰다.

등 뒤에서 목소리는 들려오지 않았다. 돌아볼 필요도 없다. 그녀의 행동은 손에 잡힐 듯이 이해하고 있다. 최후의 순간까지 포기하지 않으며, 히비키가 두고 간 〈루키프구스〉를 쥔 후, 방아쇠를 당기려⋯⋯.

"—아아."

그럴 힘마저 없다는 사실을 눈치채고, 체념하듯 한숨을 내쉴 것이다.

야마우치 사와가 만든 분신. 그 마지막 한 사람이 방금, 소멸했다.

남은 적은 한 명. 그리고 그 최후의 한 명과의 싸움에, 히고로모 히비키는 끼어들 수 없다. 끼어들어선, 안 된다.

그러니, 이제부터는 자신을 위해 행동할 뿐이다.

"응. 가서, 나아가서, 개척하자!"

히고로모 히비키가 할 수 있는 것은, 그뿐이니까⋯⋯.

◇

친숙한 거실, 한때의 휴식을 즐기는 장소는 현재 피바람이 몰아치는 전장으로 변했다. 가족이 모여서 단란하게 식사하는 식탁을 걷어찬 이는 야마우치 사와였으며, 날아오는 식탁을 주저 없이 총으로 파괴한 이는 토키사키 쿠루미였다.

훈훈한 추억을, 전부 필요 없다고 내팽개치며…….

그저 적대자를 파괴하기 위한 행동에 전념했다. 이제 쿠루미와 사와는 서로를 해치우기 위한 탄환이자, 칼날이었다.

〈자프키엘〉의 총이 벽을 종잇장처럼 꿰뚫었다. 〈루키프구스〉의 사브르가 바람을 가르며 실내에 있는 추억이 어린 물건들을 산산이 부쉈다.

그리고, 서로의 능력을 행사했다.

"【알레프】." "【황소의 검】."

가속한 쿠루미와 가속한 사와. 탄막을 펼치며 돌격하는 쿠루미와, 사브르 끝으로 표적을 겨누며 돌진하는 사와.

두 사람은 서로에게 상처를 입히며 스치고 지나갔다. 탄환과 칼날이, 서로에게 얕은 상처를 냈다. 하지만, 서로가 그 상처를 **견딜 수 있다**고 판단하며 뒤돌아보았다.

―아름답기 그지없어.

―추악하기 그지없어.

서로가 서로를 그렇게 생각했다. 피범벅에, 영장은 곳곳이 파손됐으며, 땀을 흘리고 있는 데다, 얼굴은 고통 탓에 일그러져 있다.

그런데도, 그런데도 불구하고. 몸은 움직였고, 무기 또한 다룰 수 있다. 살의 또한 여전했다.

하지만 쿠루미는 불쑥 생각했다. 이 거실에서 그녀와 함께

했던 시간은, 분명 존재했다. 귀여운 고양이와 논 적도, 가족들과 함께 식사한 적도 있다.

그 모든 것이, 장애물로서 파괴되고 있다. 저녁을 먹었던 깨끗한 접시도, 코코아를 마셨던 넉넉한 사이즈의 컵도, 그렇게 아끼던 은제 촛대도 말이다. 그 모든 것이 파괴되고, 허공에 흩뿌려지며, 비처럼 쏟아지고 있다.

후회도, 비탄도 없다. 그저 너무 멀리까지 왔다는 생각이 들었다. 인생의 무상함이나 추억의 무의미함 같은 것이 머릿속에서 어렴풋이 반짝인 듯한 느낌이 들었다.

몸은 움직여진다. 쿠루미는 일부러 뒷걸음질을 치며 현관으로 이어지는 복도에 발을 들였다.

사와는 그녀를 쫓아갔다. 사와의 집은 유복해서 복도 또한 꽤 넓었다― 하지만, 일반적인 가정집보다 조금 넓은 정도에 지나지 않았다. 장총을 휘두르는 건 무리였다.

사와는 단총을 쏘면서, 거리를 좁혔다. 쿠루미 또한 치명상을 입지 않도록 회피하면서 반격했다. 아니나 다를까, 이 복도에서는 아까처럼 자기 자신을 팽이처럼 회전시키며 장총을 쏘는 곡예 같은 짓을 할 수 없었다.

하지만 사와는 사브르로 찌르기를 날릴 수 있다.

"【솔】!"

사와의 돌진을, 쿠루미는 점프해서 피했다. 벽을 박차며 더욱 위쪽으로 몸을 날렸다.

오한. 그렇다. 이 복도에는 세 가지 선택지가 있다. 도미니언의 권한으로 열리지 않게 해둔 현관, 그리고 아까까지 싸웠던 거실, 그리고 마지막은 2층으로 이어지는 복도……!

"회피…… 【테오밈】!"

"—그렇게 안 돼요."

벽과 난간을 박차며 더욱 높이 뛰어오른 쿠루미는 몸을 회전시키더니, 1층에서 올려다보고 있는 사와보다 먼저 장총으로 상대를 조준했다.

그리고 【테오밈】으로 분리할 여유를 주지 않으며, 쿠루미는 바로 아래편에 있는 사와를 장총으로 저격했다. 사와는 【테오밈】으로 분열하려 했지만, 분열이 끝나기도 전에 탄환이 그녀의 어깻죽지에서 복부를 꿰뚫었다.

"커, 억……!"

여왕은 울부짖으면서 2층으로 몸을 날렸다. 도망칠 생각은 들지 않았다. 한 방 먹은 것에 대한 앙갚음— 같은 생각은 했지만, 그것보다 더 중요한 것이 있다.

이제부터 모든 수를 정확하게 둔다면, **나는 쿠루미 양에게 이길 수 있다.**

쾌감과 투지가 전류처럼 온몸에 흘렀다. 여기서 쓰러뜨리겠다. 반드시 해치우겠다. 여기는 내 집. 나는 어디에, 무엇이 있는지, 전부 파악하고 있다.

인간으로서의 기억은 옅어지지 않고, 인간으로서의 증오

또한 열어지지 않는다.

　그렇기에 여기서 싸우는 건 괴롭다. 괴롭지만, 2층에는 토키사키 쿠루미의 움직임을 봉쇄할 수 있는 것이 분명 존재한다.

　기도했다. 신이 아니라, 자기 자신에게 말이다. 부디, 부디, 후회가 남지 않도록 끝까지 해낼 수 있기를.

　야마우치 가의 2층에 야마우치 사와의 방이 있다는 것을, 토키사키 쿠루미는 기억하고 있다. 방은 거실보다 좁지만, 중앙에서라면 장총을 휘두르는 것도 가능한 넓이다. 물론, 구석으로 몰리면 총대가 걸릴 우려가 있다.

　머나먼 기억 속에서 야마우치 사와의 방을 떠올리려 했다. 하지만, 넓이 이외의 기억은 어렴풋했다.

　굳이 기억하는 것이라고는 공부용 책상이 있었다는 것 정도다. 그 외에는—.

　"아, 그래요. 마론에게 정신이 팔려서, 다른 것은 거의 보지 않았군요……."

　이제 와서 그런 어처구니없는 사실이 밝혀지자, 쿠루미는 머리를 감싸 쥐고 싶어졌다.

　하지만 싸움에는 지장이 없을 것이다. 쿠루미는 사와의 방에 들어간 후, 한가운데에 섰다.

　아아, 반갑다. 거실에서도 자주 놀았지만, 당연히 이 집에서 가장 익숙한 곳은 역시 사와의 방이다.

쿠션을, 침대를, 조그마한 테이블을, 봉제 인형을, 보기만 해도 생각났다. 야마우치 사와라는 소녀와 보낸 평온하고 잔잔한 나날이, 그대로 응축된 듯한 방이었다.

가슴이 아팠다. 농담이 아니라, 정말 가슴이 아팠다. 야마우치 사와도, 토키사키 쿠루미도, 이곳에서 지내던 시절에는 정말 순진무구하게 하루하루를 살았다.

악의도 투지도 절망도 살의도 희망도, 그 무엇도 느끼지 않던 나날.

그것을 떠올리자, 아득할 정도의 후회에 휩싸였다— 한편, 방 중앙에 있는 조그마한 테이블 위에 선 쿠루미는 사와가 어떤 식으로 공격해올지만 생각했다.

생존본능과 투지가 『그런 것보다, 이 싸움에 집중해. 안 그러면 죽어. 후회는 머릿속 구석에 밀어놔』하고 경고했기 때문이다.

……원래라면 쿠루미의 이 경고는 옳을 것이다. 지금은 괜한 생각을 할 여유가 없다. 하지만, 이 순간만은 후회가 정답이었다.

후회를 완전히 잊거나, 아니면 후회를 눈앞에 두며 자신의 죄와 마주해야만 했다.

"【게의 검(살탄)】."

그 목소리와 〈루키프구스〉가 발동되는 찰칵하는 미세한

소리가 들리자, 쿠루미는 자신의 직감에 따라 즉시 【알레프】를 자기 자신에게 쐈다.

방의 벽이 한순간 강하게 빛났다.

그 빛이 수평으로 휘두른 검에 의해 발생했다는 것을 이해한 쿠루미는 당연한 듯이, 그 궤적을 회피하기 위해 뒤편으로 몸을 날렸다.

반대편 벽에, 몸을 댔다. 공격이 눈앞을 가르며 지나갔다. 불가사의하게도, 벽은 파괴되지 않았다. **그런 기술**이라는 것을 눈치챘다.

하지만 다음 순간. 예측이 빗나갔다는 것을 깨달았다. 쿠루미가, 그런 행동을 취한 것은 명백한 우연이었다. 방금 공격에 벽이 파괴되지는 않았지만, 실내에 있는 것이 파괴됐다.

굴러다니던 고양이 인형은 쿠루미가 사와에게 선물로 줬던 것이다. 거의 무의식적으로, 쿠루미는 그것을 줍기 위해 몸을 앞쪽으로 숙였다.

공격— 그것도 **반대편 벽**에서. 몸을 숙인 쿠루미는 그대로 바닥에 엎드렸다. 그 공격은 그대로 공간을 가르며 지나갔다. 그리고 아까 피했던 정면에서의 공격과 격돌했다.

"아니……."

말도 안 된다. 이 방의 양쪽 벽에서 거의 동시에 공격을 펼친다는 것은, 시간을 정지시키지 않는 한 불가능하다. ……아니다. 그녀의 〈루키프구스〉는 공간을 지배한다.

그렇다면 방금 공격은―.

쿠루미는 그런 생각을 하며 방 중앙으로 다시 이동했다. 구석에 있으면, 벽을 투과하는 공격을 피하기 어렵다.

그렇다고 이 방에서 탈출하기도 어려우리라고 쿠루미는 생각했다. 이 방에는 문이 딱 한 곳에만 있다. 그곳으로 이동한다면, 기척을 감지한 사와는 복도에서 문을 향해 공격을 날릴 것이다.

퀸이 전에 썼던, 공간을 도려내는 탄환을 떠올렸다. 【살탄】 또한, 그런 특성이 있는 검이라고 생각해야 마땅하다.

게― 두 개의 검격― 타이밍은 거의 동시였다. 아니, **완벽하게 동시였다.**

올라선 테이블이 끼익 하는 소리를 냈다. 점프와 동시에, 쿠루미는 몸을 비틀며 그 자리를 벗어났다.

쿠루미의 예상대로, 테이블 아래편에서 공격이 발생하는 것과 동시에 천장에서도 공격이 날아오면서 그대로 격돌했다.

위로 뛰어오르기만 했다면, 분명 정통으로 맞았을 것이다.

"하지만, 이제 파악했답니다……!"

사와가 펼친 【살탄】은 공간을 투과해 **양 방향에서 공격하는 능력이다.** 일격을 날린 순간, 동일한 공격을 모조해서 표적을 좌우에서 노린다.

공간을 투과한다는 특성을 포함해, 매우 강력한 기습 공격이라고 할 수 있다.

사와는 그저 공격만 하면 된다. 그러면 또 하나의 공격이 자연적으로 발생해서 회피하려 하는 표적을 양방향에서 덮치는 것이다.

"하지만, 기습 공격을 두 번이나 펼친 건 실수예요."

쿠루미는 확신했다. 법칙성만 간파하면, 공격이 어디에서 발생하는지만 주의하면 된다. 자신을 사이에 두고 발생하는 만큼, 쳐다볼 필요도 없다.

다음 일격으로 자기 생각이 옳은지 확인한 후, 동시에 공격이 날아온 방향을 향해 〈자프키엘〉을 쏘자. 쿠루미는 그렇게 결심하면서, 다음 일격을 인내심을 가지고 기다렸다.

그리고 세 번째 공격이 천장 오른편에서 대각선 궤도로 날아왔다. 그리고 이 공격과 반대 방향에서 같은 공격이 날아왔다.

회피와 동시에, 장총과 단총을 공격이 날아온 방향을 향해 들었다.

쐈다. 순식간의 6연사— 성공했다는 느낌이 들었다. 부상을 입혔다는 확신이 들었다. 이 방에서 탈출할 기회다, 하고 쿠루미가 생각한 순간…….

"…………아."

꼼짝도 할 수 없었다.

마지막 공격으로 책상이 파괴되면서, 거기에 있던 사진 액자가 둥실 떠올랐다.

토키사키 쿠루미와, 야마우치 사와의 스냅 사진. 아직 하늘이 핏빛이라는 것을 모르던 시절. 순진무구한 행복에 감싸여 있던 시절. 토키사키 쿠루미가, 내팽개치고 만 것. 야마우치 사와가, 빼앗긴 것.

아까 머릿속 구석에 밀어놨던 후회가, 마치 파도처럼 밀려왔다.

시간으로는 2초. 토키사키 쿠루미는 얼어붙었다. 만약 상대와 대치한 상태였다면, 쿠루미도 얼어붙는 일 없이 계속 싸웠을지도 모른다.

하지만, 방 안에는 쿠루미 뿐이다. 공격을 세 번 피한 후에 반격을 성공시키면서, 쿠루미는 약간이지만 방심했다.

비장의 카드 중 하나인 **그 탄환**을 자신에게 쏘려다, 시간이 부족하다는 사실을 눈치챘다. 왜냐하면, 사와는 이미 탄환을 쏜 것이다.

1초 만에 장소를 이동하고, 1초 만에 장전한 후, 1초 만에 발사했다.

"—【사수(射手)의 검(케세트)】."

그것은 검이자 탄환. 탄환이자 검. 마하 10을 넘는 처절한 속도와, 영역을 도려내는 파괴력을 지닌, 퀸이 지닌 비장의 카드 중 하나.

이제까지 쓰지 않은 건, 상황이 적절하지 않아서였다.

대치하고 있으면 눈치채고 만다.

사용하기 전에 대책을 짤 것이다. 그러니 한 번 쓰면, 두 번 다시 사용할 수 없다.

―하지만, 지금은 최적의 상황이 갖춰져 있다.

쿠루미는 방심했다. 쿠루미는 사와를 놓쳤다. 쿠루미는 하늘을 올려다보고 말았다. 쿠루미는 〈자프키엘〉을 쓸 타이밍에 쓰지 못했다. 쿠루미는 천장 때문에 사와가 뭘 하려는 건지 바로 이해하지 못했다.

모든 것이, 퀸에게 유리하게 작용했다.

공간을 지배하는 그녀가 【케셰트】에 추구한 것은 파괴. 일직선으로 가르고 지나간 후에는 아무것도 남지 않는, 무지막지한 일격이었다.

쿠루미는 저항할 수 없다. 저항할 기술이 없다. 이 일격보다 빠른 기술이, 쿠루미에게는 없다.

"정신차리세요, 『저』!"

그 대사는, 쿠루미가 한 것이 아니다. 분신인 쿠루미가 한 말이다. 그리고 그 말을 뱉기도 전에, 그림자에서 나온 쿠루미가 있었다. 한 명 정도는 그림자에 숨어 있는 편이 좋겠단 의견을 내놨던 것은 누구였을까. 이 인계에서의 본체일까, 아니면 분신들일까.

그녀의 모습은, 기억한다. 10년 후의 토키사키 쿠루미를 모조한, 단아한 미녀.

그리고 그녀는 이 상황에서 유일하게 가능한 행동을 취했다.

"아———."

감쌌다.

이 인계에서의 본체인, 토키사키 쿠루미를 감쌌다. 양손을 펼쳐서, 그 빛을 받아내려 했다.

(아…… 안 돼……!)

말을 뱉기도 전에, 강렬한 빛에 뻗어왔다. 하지만 그것이 『그녀』에게 닿는 일은 없었다. 그 빛에 꿰뚫린 사체가 완전히 녹아내렸다. 하지만 그것은 방패다. 분신은 소멸해서 영력이 됐고, 그저 에너지 덩어리에 불과한 그 영력이 건곤일척의 승부를 벌이기 위해— 에너지 덩어리인 채로 그 빛을 계속 막아냈다.

안 돼, 하고 말하려던 쿠루미는 곧 입을 다물었다.

그녀의 헌신을, 그녀의 결단을, 헛되이 해서는 안 된다.

물론, 이렇게 약한 방패— 분신이 번 시간은 1초도 채 되지 않는다.

하지만, 쿠루미는 순식간에 자신에게 탄환을 쐈다.

"—【열한 번째 탄환】."

방대한 영력, 방대한 살의, 방대한 파괴 에너지.

야마우치 사와 혹은 퀸은 천장은 물론이고 집 전체가 부서지는 광경을 보면서, 만족감에 사로잡혔다.

그와 동시에, 토키사키 쿠루미를 죽였다는 사실을 깊이 한탄했다. 친구를 죽이고 말았다, 이럴 수가, 너무나도 슬프다, 너무나도 기분이 나쁘다, 너무나도 불쾌하다, 너무나도 절망적이다.

그런 무시무시한 이면성을, 야마우치 사와은, 혹은 하얀 여왕은 태연히 받아들었다.

방심했다. 빈틈을 보였다. 그래서 죽였다.

좋아했다. 마음을 허락했다. 그래서 죽었다.

생명을 베팅한 게임에서 승리했다. 이기기 위해, 자기 집을 불태웠다. 이기기 위해, 토키사키 쿠루미가 야마우치 사와를 아직 마음에 두고 있다는 추정에 모든 것을 걸었다.

【살탄】에 의해 파괴된 책상에 놓여 있던 사진이, 토키사키 쿠루미의 눈길을 반드시 끌 것이라고 여겼다.

그리고 방대한 에너지가 사라진 현재, 아무것도 남지 않은 공간을 바라봤——.

"——어?"

이번에는, 야마우치 사와가 방심했다. 경악한 나머지 의식이 끊어졌고, 얼이 나간 나머지 움직임이 정지됐다. 아무것도 없는 공간, 아무것도 없어야 하는 공간, 【케세트】에 동그랗게 도려내진 공간에, 한 사람이 있었다.

있어선 안 되는, 소녀가, 서 있었다.

토키사키 쿠루미는 【자인】을 쓰고도 어느 정령을 해치우지 못했다.

총을 겨누고 있다── 사고회로가 작동했다.

방아쇠를 당겼다── 사고회로가 행동을 결정했다.

탄환이 발사됐다── 피하기 위해, 발을 움직였다.

탄환이 날아왔다── 허공에 떠 있는 바람에, 당했다. 뒤편으로 물러나는데도, 한 단계의 의식 조작을 거쳐야 했다.

탄환이 꽂혔다── 하지만, 탄환 한 발 정도라면 문제 될 것이 없다. 설령 【자인】일지라도, 그녀에게는 자신을 죽일 파괴력이 없다.

그 예상은 옳다. 야마우치 사와는 모르지만, 토키사키 쿠루미는 【자인】을 쓰고도 어느 정령을 해치우지 못했다.

무엇보다, 분신이 존재하지 않는다는 점이 컸다. 토키사키 쿠루미 혼자서는 여왕을 단숨에, 단번에, 한 방에 죽일 수 없다.

그런 생각에서 비롯된 안도를, 사와의 내면 깊숙한 곳에 존재하는 본능이 부정했다.

─그럼, 어째서 쿠루미 양은 살아있는 거야?

탄환을 맞으면서 생각했다. 그렇다. 그게 이상했다. 그녀가 살아있다는 것 자체가 말이 안 된다. 운이 좋았더라도, 뭔가를 희생시켰더라도, 그 일격을 맞고 살아남은 이유가 되지 못한다. 【달렛】으로도 절대 어찌할 수 없는, 즉사를 면할 수 없는 일격이다.

—그 순간, 눈치챘다.

무수한 지식, 무수한 정보가 뇌내 전자망^{이너 네트워크}에 의해 이어졌다.

퀸이 다른 토키사키 쿠루미에게서 알아낸, 〈자프키엘〉의 능력.

가속[1], 감속[2], 노화[3], 회귀[4], 미래시[5], 과거 접속[6], 정지[7], 과거 소환[8], 시간 무시[9], 기억 취득[10], 그리고 시간 도약을 관장하는 11과 12.

하지만, 시간 도약은 봉인된 탄환이다. 애초에 인계는 시간이라는 개념이 일정하지 않다. 20년 전에 자신이 죽었다는 것을 자각한 준정령이 5년 전에 나타나고, 1년 전에 사라진 준정령이 10년 전에 나타나기도 한다.

그러니 11과 12는 사용할 의미가 없으며, 무엇보다 그 탄환을 써서 얻을 수 있는 우위성이 존재하지 않는다. 과거로 돌아가 퀸을 살해하더라도, **과거**라는 방향으로 향하는 나침반 자체가 확실치 않은 것이다.

—허나. 하지만. 그러나.

게부라. 불꽃과 불모(不毛)와 환상의 대지. 딘전과 스킬과 회오리치는 영력으로 자신의 무명천사를 개찬(改竄)할 수 있는, 궁극 시련 영역.

개찬하는 것도 가능—.

한 건가.

이 인계에서, 그 예술적일 만큼 아름다운 〈자프키엘〉을.

그녀는, 자신의 욕심에 따라. 더럽힌 건가.

아아—.

눈으로 보니 바로 파악할 수 있었다. 〈자프키엘〉의 아름다운 시계판. 예전부터 6이 파손되어 있었지만, 11과 12도 유심히 보니 손상…… 아니, 뜯어고쳐져 있었다. 고고한 아름다움이 아니라, 아양 떠는 듯한 폰트로 바뀌어 있었다.

그리고 그 문자판에서, 12가 찬란히 빛나고 있었다.

이 탄환은 뭔가. 상대를 정지시키는 것일까, 살해하는 것일까, 시간과 관련이 있는 건 틀림없다. 그러나, 정지시켜봤자 자신은 멀쩡하다. 이길 수 있다. 반드시 이길 수 있다. 이 탄환을 견뎌내고 대책을 세운다면, 반드시 역전할 수 있다. 견뎌. 견디는 거야, 야마우치 사와.

"나는/저는/우리는, 이대로…… 끝나지 않아……!"

토키사키 쿠루미는 그 절규를 긍정하며 중얼거렸다.

"네, 끝나지 않겠죠. 이 【유드·베트】는 시작의 탄환. 당신을 타도하기 위해, 제가 만들어낸 탄환이니까요."

그리고, 사와의 가슴에 탄환이 박혔다.

고통은 느껴지지 않았다. 몸에 이상도 없었다. 시간이 가속되거나 감속되지도 않았고, 정지된 것 같지도 않았다.

그저—.

"어?"

추락했다. 추락하고 있다. 자신이 하늘에서 떨어지는 게 아니다. 몸도 시야도 변함이 없으며, 퀸의 육체는 지금도 가만히 있다.

추락하고 있는 건 자신의 의식이다. 심해로 빨려 들어가는 듯한 감각이 엄습하자, 야마우치 사와는 오랫동안 느끼지 않았던 공포를 자각했다.

추락의 공포, 자신이 존재해선 안 되는 영역에 내던져지는 공포.

그것이, 야마우치 사와가 이 케테르에서 느낀 마지막 감정이었다.

○Farewell My Friend

착지했다.

끝없이 이어질 줄 알았던 낙하는, 의외로 금방 끝났다. 하지만, 하고 생각한 사와는 주위를 둘러보았다.

이곳은 케테르가 아니라는 것을 곧 이해했다. 암흑의 공간에는 단단한 유리로 된 바닥, 새하얀 원형 테이블, 그리고 의자 두 개가 놓여 있었다.

"오래 기다리셨나요?"

"……기다리지…… 않았지만…… 여기는, 어디야?"

사와는 당혹스러운 표정으로 그렇게 말했다.

"그 전에 말이죠. 저는 〈자프키엘〉을 가지고 있지 않답니다. 그리고, 당신 또한 〈루키프구스〉를 가지고 있지 않아요."

"……아, 진짜네."

손바닥을 쳐다보았다.

〈루키프구스〉가 없다. 무기가 없다는 사실에 불안을 느꼈지만, 이 상황 자체가 더 큰 불안을 안겨줬다.

"으음…… 어떻게, 하면 돼?"

"그건, 어떻게 저를 죽일 것인가. 혹은 어떻게 이길 것인가, 라는 의미의 질문인가요?"

"뭐, 그래."

그러려고 여기까지 왔는걸, 하고 사와는 말했다.

"―물론, 할 수 있답니다."

쿠루미는 그렇게 말하며 빙긋 웃었다. 그 미소에는 신뢰가
어려 있었기에, 사와는 싸워선 안 된다는 것을 깨달았다.

의자에 앉았다. 테이블 건너편에는, 토키사키 쿠루미가
있었다.

"그런데, 어떻게 하면 이기는 거야?"

"그 전에, 이 탄환이 **어떤 것인지** 설명부터 드리겠어요."

쿠루미와 사와의 사이에 갑자기 찻주전자가 생겨났다. 자
리에서 일어난 쿠루미는 우아한 동작으로 찻주전자 안의
홍차를 찻잔에 따랐다.

"설탕 두 개, 밀크는 하나. ……맞죠?"

"응, 그래. 나, 미각은 그다지 변하지 않았어."

사와는 쿠루미의 질문을 듣고 쓴웃음을 머금었다. 푸근
한 분위기, 푸근한 기척, 푸근한 홍차.

쿠루미가 찻잔을 건네주자, 사와는 주저 없이 그것을 마
셨다. 이제 와서 독이 들었는지 의심할 필요는 없었다.

"아, 맛있어."

"네. 아삼을 좋아하죠? 뭐, 이 맛은 추억에서 비롯된 것이
라 제대로 재현됐는지 모르겠지만 말이에요."

"응. 이런 맛이었어."

"그런가요." "그래."

서로가 미소를 머금었다.

그리고, 쿠루미는 조용히 말했다.

"당신이 맞은 탄환은 【유드·베트】. 능력은 【자인】과 【아홉 번째 탄환】, 【열 번째 탄환】의 합성이라고나 할까요."

"······정지, 시간 무시, 기억 취득의 합성······."

—아하, 하고 사와는 납득했다.

"여기는 정신세계 같은 거구나. 시간이 정지되고, 서로의 기억이 공유된 장소······ 같은 거지?"

"······사와 양의 통찰력은 섬뜩할 수준이군요."

쿠루미도 약간 질린 미소를 머금었다. 탄환의 능력을 파악하고 있다 해도, 순식간에 답을 찾아낼 줄은 몰랐다.

"너무하네~."

사와는— 여전히 퀸의 얼굴을 한 채, 약간 삐친 듯이 볼을 부풀렸다.

"아무튼, 사와 양의 추측이 옳답니다. 이곳은 제 정신세계, 그리고 사와 양의 정신세계죠."

"그럼, 역시 서로를 죽일 수 있지 않아?"

"아뇨. 그건 무리예요. 제가 죽으면, 그리고 사와 양이 죽으면. 이 세상은 쭉 **이대로**랍니다. 영원히 빠져나갈 수 없는 감옥이 되고 말아요."

사와는 그 말을 듣고 침묵했다.

허위가 아니라고 사와는 믿었다. 그것이 쿠루미의 허세라고는 눈곱만큼도 생각하지 않았다.

이때, 이 상황에서, 아무리 위험할지라도. 토키사키 쿠루미가 거짓말을 하지 않는다는 것을 파악하고 있어서다.

"그럼, 굳이 살해하거나 자살하는 수단도 있긴 하네."

"그건 승리라고 할 수 없답니다."

"……내가 승리를 원하는 것처럼 보여?"

쿠루미는 그 말을 듣고 눈썹을 살짝 찌푸렸다. 확실히, 그녀가 진심으로…… 토키사키 쿠루미에게 복수하기 위해 자신을 희생할 결의를 했다면, 그런 수단을 선택할 수 있을지도 모른다.

사와는 인상을 찌그렸다. 주위가 희미하게 흔들린 듯한 느낌이 들었던 것이다.

"그건 각오했답니다. 그런 위험부담을 짊어지는 한이 있더라도, 저는—."

"쿠루미 양은?"

"……아뇨. 이야기를 계속하죠. 【유드 베트】의 룰에 관해서 말이에요."

쿠루미는 다시 이 탄환의 룰을 설명했다. 물 흐르듯, 노래하듯…….

"마음의 승부랍니다. 제 마음이 꺾이면, 제 세계는 붕괴되죠. 현실의 저는 말 못 하는 인형이 되고, 당신은 승자로서 개선해요. 지금, 제 등 뒤가 희미하게 흔들렸죠?"

"마음의 동요가 그대로 드러난 거구나. 응, 이해했어. 그럼 질문 하나 할게.”

“네, 뭐든 물어보세요.”

“—쿠루미 양의, 승리 조건은 뭐야? 나를 죽이는 거야?”

“아뇨. 제 승리 조건은 단 하나. 야마우치 사와와, 퀸을 분리하는 거랍니다.”

그 말을 들은 순간, 이번에는 사와의 세계가 흔들렸다.

“……불가능, 해.”

“아뇨, 가능하답니다. 야마우치 사와와 퀸은, 공범자로서 이어져 있죠. 하지만, 그렇다고 사상과 생각이 전부 동일한 건 아니에요.”

—그건 그렇다. 야마우치 사와는 어디에나 있을 법한 평범한 소녀. 그리고 퀸은, 어디에도 없을 법한 고고한 반전체다.

두 사람이 이어진 것은, 그저 토키사키 쿠루미에게 복수한다는 목적 때문이다.

“그러니, 가능할 거라 판단했답니다.”

“……야마우치 사와를, 믿고 말이야?”

“네. 사와 양을 믿는답니다.”

흔들림은 곧 잦아들었다. 사와는 심술궂은 미소를 머금었다.

“진짜로, 나를 믿어도 된다고 생각하는 거야?”

쿠루미는 미소 지었다.

이미, 야마우치 사와는 이 세상의 룰을 이해했다. 동요하고, 설득당해, 마음이 꺾인 쪽이 패배한다.

총도, 탄환도, 사브르도, 칼날도, 무엇 하나 필요하지 않은 최후의 싸움.

—아니, 그것은 싸움이라기보다…….

"그럼 사와 양. 마지막 데이트를 시작하죠."

데이트^{싸움}라고, 말해야 할 것이다.

◇

"이렇게 차분하게 이야기를 나누는 날이 올 줄은 몰랐어."

"방금까지, 서로를 죽이려고 싸우고 있었으니까요. 사와 양의 얼굴이 사와 양이 아니라는 것 말고는 전부 옛날로 되돌아간 것 같군요."

"되돌리고 싶어?"

"……어려운 질문이군요. 되돌리고 싶단 마음도 있답니다. 저는 분신이니까, 되돌리면 사라지겠지만 말이죠. 그래도, 생각은 본체와 크게 다르지 않으니까요. 저를 본체로 가정한 대답이겠지만, 반쯤은 그러고 싶군요."

"다른 절반은 어떤데?"

"저희는 죄를 지었어요. 그 죄를 없었던 일로 만드는 건, 너무 뻔뻔한 짓 아닐까요?"

"그래. —나를 죽인 것도 죄야?"

희미하게 숨을 삼킨 건, 어느 쪽일까.

"네, 물론 죄랍니다. 게다가, 그것은 사와 양을 죽인 것만이 아니랍니다. 사와 양이 범한 죄 또한 제 책임이겠죠."

"—헛소리 하지 마."

동요가 아니라 분노 탓에, 사와의 세계가 흔들린 것 같았다.

"멋대로 죽여놓고, 멋대로 책임을 느끼는 거야? 말도 안 돼."

"그럼, 사와 양의 죄는 사와 양의 것인가요? 제가 사와 양을 죽이지 않았다면, 당신은 준정령을 짓밟는 일이 없었을 텐데요?"

서로의 세계는 흔들리지 않았다. 죄는 죄, 벌은 벌, 속죄는 속죄. 그리고, 책임은 책임.

"그건 결과론이야, 쿠루미 양. **내가 살상을 선택했어.** 나는 윤리를 버리고 감정과 생존을 고른 거야. 쿠루미 양이 그걸 짊어지게 하는 건, 싫어."

감정은 복수. 생존은 욕구.

"……그런가요."

"응, 쿠루미 양"

"만약에 말이죠. 제가 죽은 후에도, 그걸 되풀이할 생각인가요? 복수가 성립되고 나면, 사와 양은 목적을 잃지 않나요?"

"——."

침묵. 사와의 세계가 희미하게 흔들렸다.

"목적은, 있어."

"사와 양의 목적은, 살아남는 것인가요?"

"왕을 맞이해서, 이 세계를 파괴하는 거야."

"그것은 과정이랍니다. 세계를 파괴한 후에는, 생존을 포기하는 건가요?"

"……그럴지도 몰라. 쿠루미 양이 죽고 나면, 뭐가 어떻게 되든 상관없어."

무책임하다, 하고 규탄하는 건 간단했다.

하지만 야마우치 사와는 세계에 대해 짊어져야 할 책임이 없다. 커다란 힘에는 커다란 책임이 뒤따를지라도, 그녀는 영웅이 아니다. 영웅이 되려고 결의한 것도 아니다.

"진짜로 그것은, 야마우치 사와의 의지인가요?"

"……그래."

등 뒤에서 흔들리고 있는 사와의 세계가, 쿠루미에게 그 말이 거짓이란 사실을 알려줬다.

"사와 양. 당신― 실은, 멈추고 싶었던 게 아닌가요?"

"말도 안 돼. 근거 있어?"

"예전의 당신은, 상냥했어요."

"그게 다야?"

"사람을 좋아하고, 학교를 좋아하고, 부모님을 좋아하고, 고양이를 좋아하고, 세계를 좋아했어요. 그런 당신이, 세계의 멸망을 선택할 거라고는 도저히 생각할 수 없어요."

"그건 예전의 야마우치 사와야."

"지금도, 옛날도, 사람은 그렇게 극적으로 변하지 않는답니다. 유일하게 믿을 수 있는 건, 사와 양이 저를 증오한다는 것뿐이죠."

"——."

침묵. 세계가 또 흔들렸다.

"그래서, 저는 당신을 설득하는 거예요. 세계를 멸망시켜선 안 되니까요."

"도덕 수업 같네. 어째서 사람을 죽여선 안 되는 건가요? 하고 묻고 싶어져."

"도덕도 무시할 게 못 된답니다. 사람이 죽으면 슬프지 않나요?"

"슬퍼하지 않는 사람도 있어."

"당신은 슬퍼할 거에요. 타인 같은 건 아무래도 상관없답니다."

"……그래. 슬퍼할지도 몰라."

"그 점이, 퀸과의 차이점이에요."

그 순간, 사와는 눈을 가늘게 떴다. 쿠루미는 그 모습을 보고 눈치챘다.

—방금, 실수를 범한 것 같다.

하지만 그 실수가 대체 뭘까. 퀸과 야마우치 사와는 다르다. 그것은 쿠루미에게 있어 엄연한 사실이다.

그 엄연한 사실을, 의심해.

그런 경고가, 쿠루미의 내면에서 흘러나왔다.

"저기, 쿠루미 양. 퀸은 다르지 않아. 반전해도, 아니, 반전했기 때문에 자비심이 있지 않을까? 쿠루미 양과 다르게 말이지."

"저에게도 자비심은 있답니다."

쿠루미는 삐친 듯한 말투로 반론했다.

"없어. 극단적인 이야기지만, 세계와 『그』 중에서 하나를 골라야 한다면 어느 쪽을 고를 거야?"

"그건—."

그 질문의 올바른 답은 무엇일까.

토키사키 쿠루미의 세계가 한층 더 격렬하게 흔들렸다.

"쿠루미 양은 세계가 아니라 그를 선택할 사람이야. 세계가 멸망해도, 좋아하는 사람의 생명을 우선하겠지. 나도 그래. 세계가 멸망하더라도, 목적을 우선할 거야. 어때? 다르지 않지?"

"——."

침묵. 반론하고 싶지만, 입에서 말이 나오지 않았다.

"그러니까, 나는 목적을 우선하겠어. 세상이 멸망해도 돼. 너만 없앨 수 있다면 상관없어."

사와는 자리에서 일어났다.

"어디 가는 거죠? 이야기는 아직—."

"안 끝났어. 하지만 이런 살풍경한 곳은 싫네. 장소를 옮

기자."

사와는 팔을 가볍게 휘둘러서, 자신에게 유리한 전장을^(필드) 선택했다. 쿄오 여학원 복도. 오가는 학생까지 빠뜨리지 않고 재현하자, 쿠루미는 놀랐다.

학생들의 얼굴은 흐릿하지만 말이다.

"자, 쿠루미 양. 예전처럼 같이 걷지 않을래?"

사와가 그렇게 말하면서 걸음을 내딛자, 쿠루미도 다급히 그녀의 옆에 섰다. 그것은 예전에 존재했던 광경이자, 다시는 돌아오지 않을 모습이었다.

기억에는 남아 있지 않지만, 몸이 기억하고 있었다.

"그런데 쿠루미 양, 너는 분신이지?"

"……아픈 곳을 찌르는군요. 사실이랍니다."

"이제 와서 본체가 진짜니, 분신은 가짜니 같은 변명은 하지 마. 과거의 한 좌표에서 잘라내 만들어진 존재일지라도, 토키사키 쿠루미 양이 토키사키 쿠루미 양이란 사실에는 변함이 없잖아."

"감사, 해요……?"

쿠루미는 당혹스러워하면서 감사하다고 말했다.

"하지만, 이렇게 말할 수도 있지 않을까? **현실 세계에 토키사키 쿠루미가 존재하니까, 여기에 있는 너는 필요 없어.**"

"당신이 인계의 붕괴를 노리는 한, 유용하다고 생각하는데 말이죠."

그래, 하고 사와는 대답한 후— 허를 찌르듯, 이렇게 말했다.

"그렇다면, 너를 해치운 후에는 나도 소멸하겠어."

"……네?"

세계가, 격렬하게 흔들렸다.

"다시 한번 말할게. 나는 쿠루미 양을 한 번만 죽이면 돼. 그걸로 만족해. 세계 따윈 아무래도 상관없어. 너를 죽일 수만 있다면, 그걸로 끝내겠어."

"말도 안 되는, 소리군요……!"

"—확실히, 나는 이런저런 책략을 짰어. 왕인 ■■■■■를 인계로 부르고, 엠프티와 준정령을 구성하는 에너지를 전부 왕의 휘하로 모아 **세계를 개찬할 거야.** 시간을 되감는 건 무리일지라도, 내가 살아온 세계를 개찬하는 건 불가능하지 않거든."

"『유린대관(蹂躪戴冠)』—."

"응. 하지만, 여기서 쿠루미 양이 죽어준다면. 그걸 포기해도 괜찮을 것 같네. 물론 도미니언들이 내 목숨을 원한다면, 내줄 수도 있어."

내가 죽으면 전부 해결된다.

"—어쩔래?"

"새—."

생각할 시간을 주세요, 하고 말하려던 쿠루미는 어찌어찌 입을 다물었다. 그 말을 입에 담은 순간, 아마 쿠루미의 마음은 꺾이고 말 것이다.

쿠루미는 죽고, 사와는 승리한다. 그리고 그녀가 약속을 지킨다면, 야마우치 사와 또한 곧 죽음을 선택할 것이다.

그리고 쿠루미는 야마우치 사와가 거짓말을 한다고 생각하지 않았다. 아마 그녀는 진짜로 죽어도 괜찮다고 생각하는 것이다.

하지만—.

"그 말은, 분명 진실이겠죠."

"응. 물론이야."

"하지만, 제가 죽은 후에도 그렇게 생각할 거라 단정할 수는 없어요. 사와 양이 변덕을 부려서 삶을 선택한다면, 그걸로 전부 끝이죠."

"나는 약속을 지켜."

"저와 다르게 말인가요?"

쿠루미가 농담투로 한 마디 던지자, 사와는 쓴웃음을 머금었다.

"……쿠루미 양이 약속을 지키지 않은 건 아니잖아?"

"저는 사와 양 말고 다른 사람에게 도리를 어기는 짓을 했으니까요—."

—만나고 싶은 사람을 만나지 않았다.

—헤어지고 싶지 않은 친구에게 그 마음을 전하지 않았다.

쓰러뜨려야만 할 적이 눈앞에 있는데도 살의를 품지 못하는 것 또한, 도리를 어기는 짓일지도 모른다.

복도의 잡음이, 불가사의하게도 마음을 진정시켜줬다. 역시 죽는 건 논외다.

"아까 제안 말인데, 역시 거절하겠어요. 저는 아직 살아서 보고 싶은 게 있답니다."

"예의 그 사람?"

"그게 절반…… 아니, 8할의 이유예요. 남은 2할이 사와 양, 당신이죠."

"……나를 구하고 싶다, 같은 말은 하지 마. 쿠루미 양."

"안 해요. 저와 마찬가지로, 당신도 구원받을 수 없으니까요."

복도의 잡음은 쉬는 시간이 끝났는데도 찾아들지 않았고, 종소리 또한 들리지 않았다.

복도 끝까지 걸어간 두 사람은 누가 먼저랄 것 없이 옥상으로 이어지는 계단을 올라가더니, 무거운 철문을 열었다.

"어머나."

그 순간, 상쾌한 바람이 불어왔다. 원래 있어야 하는 추락 방지용 울타리가 없었다.

"없는 편이 경관이 좋을 것 같았거든."

"그 의견에는 전적으로 동감한답니다."

끝없이 펼쳐진 푸른 하늘과, 하늘을 뒤덮은 거대한 구름. 아름답다. 너무나도, 아름답다고 쿠루미는 생각했다.

"그럼 계속해도 될까요?" "물론이야."

쿠루미와 사와는 그렇게 말하면서 벤치에 앉았다.

"사와 양. 전부터 의심…… 아니, 의심할 만큼 오랫동안 그 녀와 교류한 것이 아니니 어디까지나 추측이지만……."

"응. 뭔데?"

"반전체에게는 인격이, 실은 존재하지 않는 것 아닌가요?"

—말을 할지 말지, 쭉 망설였다.

전부터 마음에 걸렸지만, 방금 대화를 통해 확신을 했다. 가지고 말았다. 사와에게 『퀸과는 다르다』고 말했을 때 보인, 불쾌한 건지 비애에 젖은 건지 알 수 없는, 그 난처한 듯이 눈썹을 찌푸린 표정…….

그것은, 아마도. 다르지 않다는 말을 하고 싶어서 지은 표정 아니었을까.

"사와 양이 조종한 다수의 인격은, 사와 양이 만들어낸 것이에요. 반전체로서의 힘은 〈루키프구스〉와 지금의 외모 말고는 존재하지 않죠. ……제 말이 맞지 않나요?"

"……응. 나는 여기에 떨어진 후로 쭉, 야마우치 사와였어. 다른 건 겉모습과 능력뿐이야. 그렇잖아? 현실의 나는……."

불덩어리가 됐는걸.

야마우치 사와의 마음에서는 **신체 정보가 치명적일 만큼 결여되어 있다.**

"그래서, 나는 대체 뭔가 싶어. 나는 분명 야마우치 사와야. 하지만 마음만, 정신만, 과거의 기억만 그래. 인간은, 의외로 육체에 영향을 받게 되어 있어."

"육체에⋯⋯?"

"내 아버지는 성실하고 상냥하며 항상 웃는 사람이야. 하지만 차를 몰 때면 쉽게 발끈해. 별일 아닌데도 혀를 차거나, 짜증이 나서 핸들을 손가락으로 때리기도 했다니깐."

그런 사람은 의외로 흔하죠, 하고 쿠루미는 말하며 고개를 끄덕였다.

"기계 몸을 손에 넣은 인간의 성격이 변모했다, 같은 SF스러운 이야기가 있지? 그것과 같아. 인간은, 육체라는 그릇에 의해 혼도 변질해."

"그럼, 반전체의 마음은―."

"없어. 계약을 맺고 만족해버린 걸지도 몰라. 혹은, 인격을 유지한다는 건 꽤 힘든 일인 건지도 몰라. 계속 증오한다는 건 의외로 쉽지 않다니깐."

"그렇죠."

쿠루미 또한 그 말에 진심으로 동의했다. 예를 들어― 말도 안 되는 가정이지만⋯⋯.

토키사키 쿠루미의 운명을 비튼 그 여자가 용서를 구했다고 치자. 아무리 자신이 규탄해도 전부 받아들인다면, 그리고 그녀의 죄에 합당한 형벌이 집행된다면⋯⋯.

더는, 그녀를 증오하지 않게 될지도 모른다.

하지만 그런 가정은 있을 수 없는 일이다. 그녀는 계속 암

약하고 있으며, 쿠루미 또한 그런 그녀를 계속 쫓고 있다.

증오 이외의 사명감.

속아서 저지른 죄에 대한 속죄.

그런 것이 없었다면, 토키사키 쿠루미는 언젠가 무릎을 꿇었을지도 모른다. 어쩌면 전부 잊고, 평온한 삶을 선택했을지도 모른다.

하지만, 그것은 무의미한 가정이었다.

그리고 반대로, 야마우치 사와는······.

"사와 양. 저를, 증오하지 않나요?"

"증오했어. 응, 틀림없이 증오했다니깐. 몇 번이나 되뇌었어. 나는 잘못 없어. 나쁜 건 쿠루미 양. 쿠루미 양이 나쁘니까 미워. 그러니 이것도 저것도 전부! 나쁜 건 쿠루미 양!"

될 대로 되란 투로 그렇게 외친 사와는 갑자기 하늘을 올려다보았다.

쿠루미도 이해할 수 있다. 방금 대사는 진심에서 우러난 것이 아니다. 오히려 정반대다.

그렇게 생각할 수 없는 것이다. 그렇게 생각하려 해도, 그럴 수가 없었다.

나쁜 짓을 했어요.

용서받지 못할 짓을 했어요.

지금도, 하고 있어요.

나쁜 짓을 하고 있고, 용서받지 못할 짓을 하고 있어요.

죄를 추궁당하지도, 벌을 받지도 않아요.

하지만, 몸속에서 삐걱거리는 무언가가 있어요.

다들 가지고 있지만, 다들 가벼이 여기는 것. 너무 강하면 무시할 수 있고, 너무 약하면 마주할 수 없는 것.

그것을, 사람은 양심이라고 불러요.

"뭐~. 나 자신은 그렇게 생각하지 않아. 아니, 생각할 수 없어."

서로의 세계가 흔들렸다. 사와가 숨김없이 본심을 이야기하고 있다는 것을, 쿠루미도 이해했다.

"너를 만나서, 원망하고, 내 죄를 쿠루미 양에게 뒤집어씌운 후, 죽일 생각이었어. 그 과정에서 내가 할 수 있는 건 원망 정도야. 그러니 어쩌면, 나는 그저— 쿠루미 양을 만나고 싶었던 걸지도 몰라."

"그만 하세요. 제 마음이 꺾일 것만 같잖아요."

쿠루미는, 양손으로 얼굴을 감쌌다. 야마우치 사와의 그 말은 진심에서 우러나온 것이었다.

결국, 사와가 말했다시피 누군가를 꾸준히 증오하기 위해서는 방대한 에너지와 대의명분이 필요했다. 용서할 수 없다, 가 아니다. 용서해서는 안 된다, 여야만 하는 것이다.

"나도 마음이 꺾일 것만 같아."

사와는 쓴웃음을 머금었다.

온화한 분위기는 그 시절 그대로다. 하지만 옷과 외모와 과거만은 절망적일 만큼 단절되어 있었다.

"저기, 쿠루미 양. 아까 내가 한 제안을 잊어줘. 그리고, 이러는 건 어떨까?"

사와는 쾌활한 목소리로, 말했다.

"—같이, 죽지 않을래?"

기나긴 침묵. 쿠루미의 마음은 흔들리고 있었다. 죄, 벌, 속죄. 그런 말이 마음속에서 떠오른 후에 사라졌다.

눈앞에는 변해버리고 만 친구. 그리고 그녀의 눈앞에는 변해버리고만 토키사키 쿠루미^{친구}가 있다.

"잠시……"

아까 겨우 피했던 말을, 쿠루미는 입에 담았다.

"잠시, 생각할 시간을 주세요."

◇

그리고 사와와 쿠루미는 잠시 거리를 뒀다. 사와는 옥상에 남았고, 쿠루미는 교실로 향하기로 했다.

마음이 꺾이려 하는 것을 알 수 있다. 굴복이라기보다 체념. 절망이 아니라, 오히려 희망에 가까웠다.

그런데도, 그 사람을 만나고 싶다는 일념으로 이제까지 버텨왔지만…….

버텨왔는데…….

이제 와서, 야마우치 사와와 함께 죽는 것도 나쁘지 않겠다는 생각에 사로잡힌 자신이 존재했다.

그녀는 쭉 괴로워했다. 이유도 모른 채 괴물이 됐고, 이유도 모른 채 친구에게 살해당했으며, 얼굴을 빼앗겼을 뿐만 아니라, 과거마저 빼앗긴 채, 쭉 홀로 지냈다.

그녀가 한 짓은 절대 용서받을 수 없는 사악한 일이지만.

그녀를 위해 스러져 나간 준정령^{소녀}들이 하늘의 별만큼 많지만.

그래도 죽는다면, 그것으로 이야기는 끝났다. 죄도, 속죄도, 전부 말이다.

혼자 죽는 것은, 매우 쓸쓸하다. 토키사키 쿠루미는 그것을 안다. 그림자에 빠졌을 때의, 가슴이 옥죄어드는 듯한 감각을 기억한다.

둘이라면, 조금은 덜 쓸쓸할지도 모른다.

퀸은 사망한다. 인계는 존속된다. 이상적인 결말이다.

"그 사람을, 만나고 싶지 않아요."

거짓말을 했다.

"이름도 기억 못 하는걸요. 얼굴도 잘 생각나지 않는답니다."

거짓말을 했다.

"아직도 좋아한다니, 너무 끈질긴 게 아닐까 싶군요."

이 말에는 약간의 본심이 섞여 있다. 스스로가 생각하기에도, 너무 끈질기다고 좀 생각했다.

"애초에 첫사랑은 이뤄지지 않는 법이죠."

스스로에게 상식을 설파했다.

"게다가, 게다가, 게다가— 제가 없더라도, 그 사람에게는 『토키사키 쿠루미』가 있을 거랍니다."

싸우고, 싸우고, 또 싸워왔다. 주위를 전부 휘말리게 하고, 상처입히면서도, 거만하게 다시 일어섰다.

그리고 내팽개쳐왔던 죄가, 함께 용서를 구하자며 유혹해왔다.

토키사키 쿠루미가 한 명이었다면 그런 말에 귀를 기울이지 않을 거라고, 쿠루미는 생각한다.

하지만 『토키사키 쿠루미』들은 한 명이 아니다. 적어도 현실 세계에서 토키사키 쿠루미란 존재는 그렇게 드물지 않다.

그 사람에게 있어서도, 그러할 것이다. 단 하루, 아니 한나절을 같이 보냈을 뿐인 소녀를, 기억할 리가 없다.

……그래도, 모습이 다르다면 기억해줄 가능성이 있다.

하지만 자신은 토키사키 쿠루미의 분신에 지나지 않는다. 『흔하디흔한 토키사키 쿠루미』 중 한 명에 지나지 않는다.

재회하더라도, 나라는 개인을 알아봐 줄 리가 없다.

잊히는 것도, 알아보지 못하는 것도, 전부 괴로운 결말이라고 생각한다.

그렇다면.

그럴 바에야. 이대로 끝나는 것도. 괜찮을지도 모른다.

쿠루미는 다시 옥상으로 가서, 멍하니 있는 사와에게, 부탁을 하나 했다.

"저희의 마을을 재현해주지 않겠어요?"

좋아, 하고 웃으며 대답한 그녀는 쿠루미와 사와의 집을, 쿠루미와 사와의 학교를, 쿠루미와 사와의 통학로를 만들어 냈다.

아무도 없는 집, 아무도 없는 학교, 아무도 없는 마을.

다시 사와와 헤어진 쿠루미는 느긋하게 마을 안을 걸었다.

토키사키 쿠루미가 잃어버린 것이, 전부 이곳에 있다. 그 무엇과도 바꿀 수 없는, 소중한 추억.

집에 가보기로 했다. 약간 망설인 후, 집의 문을 열었다.

"어서 와라, 쿠루미." "어서 오렴, 쿠루미."

"다녀왔어요. 아버님, 어머님."

환영을 봤다.

상냥했던 아버지와 어머니. 두 번 다시 만나지 않은, 만날 수 없는 두 사람. 슬펐으리라. 괴로웠으리라. 그렇게, 선량하게 살아왔는데…….

눈물이 나려는 것을 참으며, 집 안으로 들어갔다. 싸움의 나날에 안식은 없다. 그것은 당연했지만, 이렇게 집에 돌아오니 이해할 수 있었다.

인간은, 돌아갈 장소를 원하는 생물이다. 아무리 조악해도, 아무리 망가졌어도, 돌아갈 장소가 있다는 것만으로 미세한 안도감을 얻을 수 있다.

거기에 사랑하는 이가 있다면 더할 나위 없다.

이 케테르의 도미니언이 된 야마우치 사와라면, 환영일지라도 부모님을 재현할 수 있을지도 모른다. 부탁만 한다면, 만들어줄 것이다.

그것을 공허하다고 여겨야 할까. 아니면 기쁘게 여겨야 할까.

……어느 쪽이든 상관없다. 그리움에 가슴이 옥죄어들었다. 그것은 아픔과도, 슬픔과도, 기쁨과도 다른, 복잡한 감정이었다.

영원히, 영원히 이렇게 지내고 싶다. 침대에 누워서, 마음 편히— 두려움에 떠는 일 없이, 아침을 맞이하고 싶다.

—아아, 하지만.

여기에는, 그 사람이 없다. 여기에는 **그녀**도 없다.

그 애는 아마, 울 것이다. 아니, 어쩌면 화낼지도 모른다. 감이 좋은 그녀라면, 토키사키 쿠루미가 어울리지 않은 선택을 했다는 것을 간파하고 발끈할지도 모른다.

여행을 했다.

힘들었고, 피로 점철됐으며, 몸과 마음 또한 고통을 느꼈다.

그런데도, 즐거웠느냐고 묻는다면— 긍정할 것이다.

한심한 일로 다투고, 한심한 일로 싸웠으며, 한심한 일일지라도 「그것이 쿠루미 씨의 꿈이라면야」 하고 말해줬다.

가슴속 깊은 곳에는 아무리 물을 끼얹어도 꺼지지 않는 불꽃이 있다.

뒤돌아보았다.

그리운 추억, 그리운 기억, 토키사키 쿠루미가 잃고 만―그리고 **다시는 되찾을 수 없는 것.**

"그래요. 저는, 항상 그랬죠."

잃은 것이 아니었다. 선택 끝에, 버리고 만 것이다.

무지했던 것은 인정한다. 속은 것도 인정한다. 하지만, 그래도.

그것은 자신의 선택이며, 복수와 속죄를 선택한 것은 『토키사키 쿠루미』들 전원의 뜻이다.

누구도 인정해주지 않을 거라고 생각하면서, 누구에게도 이해받지 못할 것을 슬퍼하면서.

……그때 나타난 이가, 바로 그 사람이다. 아니, 그 사람도 토키사키 쿠루미를 인정해주지는 않았다. 항상 경계하고 있었지만…….

쿠루미의 과거를 알고, 쿠루미의 마음을 알고, 그런데도 혐오하거나 질색하지 않으며, 정면에서 마주해주는 이는. 분명 그 사람뿐이리라.

조금이지만, 힘이 났다.

힘들고, 괴롭고, 아프고, 필요 없다며 살해당하고도, 이렇게까지 발버둥 치는 건 어째서일까.

소중한 소망. 차마 버리지 못한 기도.

—언젠가, 다시 만날 수 있기를.

그렇다. 아무리 많은 토키사키 쿠루미가 있더라도, 쿠루미 본인이 있더라도. 그 약속을 한 이는, 그때 그 순간의 토키사키 쿠루미 뿐이다.

아버지와 어머니의 환영을 향해 미소 지으며, 고개를 꾸벅 숙였다.

"죄송해요. 아버님, 어머님."

—좋아하는 사람이, 있어요.

—그 사람을 만나고 싶어요.

—가슴을 펴고, 허세를 부리듯, 긍지를 품으며. 그 사람을, 만나고 싶어요.

걸음을 옮겼다. 아버지와 어머니가 말리듯이 팔을 뻗었다. 그런 그들을 지나쳤다.

톡, 하고 부모님이 등을 살며시 밀어주는 듯한 느낌이 들었다. 눈물을 참았다. 환영이다, 환각이다, 꿈에 지나지 않는다.

하지만 만약 아버지와 어머니가 이 자리에 있다면. 이렇게, 아무 말 없이 등을 밀어줄 것이다.

자신들의 딸이, 행복하기를.

그렇게 기도해줄 것이다.

"잘 있어요, 아버님, 어머님. 그리고, 예전의 저."

현관문이 열렸다. 다시는 돌아오지 못하리라고 생각하자, 눈물이 날 정도의 감상이 밀려왔다. 그래도, 걸음을 멈추지 않았다.

야마우치 사와는, 아까와 마찬가지로 학교 옥상에서 토키사키 쿠루미를 기다리고 있었다. 지금은 해 질 녘. 황혼 때. 하늘은 서쪽에 물들었고, 어둑어둑한 구름은 곧 밤이 찾아오리라는 것을 알려주고 있다.

제안을 받아들일지 말지, 생각할 것도 없었다. 야마우치 사와가 다양한 경험을 한 끝에 이 자리에 있듯, 토키사키 쿠루미도 다양한 경험을 한 끝에 이 자리에 있다.

두 사람의 길은 맞닿지 않는다.

아무리 나아간들, 평행선으로 달릴 뿐이다.

문득, 루쉰이란 소설가의 「고향」이란 작품이 생각났다. 그것도, 다른 길을 걸어서 어른이 된 두 아이의 이야기였다.

토키사키 쿠루미는 사랑을 했고, 미래를 향해 걸음을 내디뎠다.

야마우치 사와는 복수를 통해, 과거에 머물렀다.

그 두 소년과 마찬가지로, 이제 얽힐 일은 없다.

"—사와 양, 결정했어요."

쿠루미가 그렇게 말하자, 사와는 벤치에서 일어섰다. 마치 고백을 기다리는 것 같다고 생각한 사와는 쓴웃음을 머금었다.

"왜 그러시죠?"

"미안, 아무것도 아냐. 자, 말해봐."

쿠루미는 심호흡을 했다. 가슴에 손을 댄 후, 그 손을 말아쥐었다. 입술은 떨렸고, 눈동자는 촉촉이 젖었다.

"죄송해요. 역시 저는, 내일을 향해 나아가고 싶어요."

설령 그것이 절망적인 미래일지라도, 아무런 의미 없이 죽는 내일일지라도.

멈추어 설 수는, 없다.

그렇구나, 하고 사와는 대답했다. 서로가 침묵한 시간은 1분도 채 되지 않았지만, 영원처럼 느껴졌다.

"응. 그럼 어쩔 수 없네. 내가…… 졌어."

"……."

"사과하지는 마. 그럼 누가 더 사과를 잘하나 대결이 벌어질걸?"

친구였던 시절에도 그랬다. 별것 아닌 일로 다투면, 두 사람 다 자기가 더 잘못했다면 연신 사과했다.

"쿠루미 양."

"네."

"나, 전혀 후회하지 않아. 용서받지 못할 짓을 수도 없이 저질렀지만, 그래도 후회는 안 해."

"저도, 비슷하답니다."

후회하지 않기 위해, 앞을 바라봤다. 후회하지 않기 위해, 멈춰 섰다.

"대신 내 조건을 하나만 들어주지 않겠어?"

"제가 할 수 있는 것이라면…… 가능한 한 들어드릴게요."

사와의 부탁은 쿠루미로서는 뜻밖의 것이었다. 딱히 자신이 뭔가를 할 필요는 없기에 승낙했지만, 아무리 이유를 캐물어도 사와는 그저 부드러운 미소를 머금을 뿐이었다.

"그럼, 이제 작별이네."

"……그렇군요."

추억이 휘몰아쳤다. 처음 만난 건, 입학식 때였을까. 아니다. 반에서 처음으로 자리 바꾸기를 한 날이다, 하고 두 사람을 떠올렸다.

정말 불가사의할 정도로, 죽이 잘 맞았다. 물론 서로에게는 다른 친구가 있었다. 하지만 함께 하교하고, 함께 노는 건 항상 서로였던 것 같은 느낌이 들었다.

사랑을 해본 적 없기에, 그런 사랑을 동경한다는 이야기를 했다.

서로의, 별것 아닌 비밀을 털어놨다. 서로의 집에 묵으며 논 적도 있고, 둘이서 졸릴 때까지 이야기를 나눈 적도 있다.

영원한 우정. 영원한 친구. 둘도 없는 단짝 친구.

그런 것을 얻은 자신들은 정말 행운아다. 그렇게, 생각했다.

하지만 지금의 토키사키 쿠루미와 야마우치 사와는 그런 기억이 어렴풋했다. 기나긴 세월이, 가혹한 싸움이, 두 사람에게서 그 기억에 대한 향수를 빼앗았다.

기억하는 것은, 단 하나뿐.

"즐거웠어." "네, 정말 그래요."

그것으로 충분했다. 그것이 전부였다.

사와는 눈을 감고, 잠들 듯이. 쿠루미는 그 옆에서, 손을 잡고 함께하듯이.

"잘 자, 쿠루미 양." "잘 자요, 사와 양……."

쿠루미의 목소리는, 희미하게 떨렸다. 쿠루미를 그렇게 만든 것을, 야마우치 사와는 살짝 슬프게도, 기쁘게도 느꼈다.

―여행의 끝.

―악행의 종언.

야마우치 사와는, 퀸은, 저녁노을 진 하늘에 녹아들 듯 사라졌다.

세계가 끝난다. 세계가 닫힌다.

붕괴가 아니라, 잠에 빠져들 듯. 세계는 천천히, 아련히 사라졌다.

시간이 흐르기 시작했다. 쿠루미가 쏜 【유드·베트】는 야마우치 사와란 소녀에게 피할 수 없는 끝을 안겨줬다.

죽음도, 정지도, 추방도 아니라……

실수 없이, 그 마음을 소멸시켰다.

기나긴, 정말 기나긴 일처럼 느껴졌지만, 이별치고는 너무 짧은 듯한 느낌도 들었다.

말해줘야 할 것, 들려줘야 할 것, 대답해줘야 할 것, 그것들은 전부 마쳤다. 그러니, 남은 것은 그녀의 마지막 소원을 들어주는 것뿐이다.

"히비키 야——앙!"

큰소리로 그렇게 외치자, 히비키가 허둥지둥 뛰어왔다.

"무, 무무무무, 무슨 일이에요, 쿠루미 씨! 무슨 일 있나요?! 제 도움이 필요한가요?!"

"아뇨. 히비키 양. 사와 양…… 아니, 퀸이 당신과 이야기를 나누고 싶어 해요."

"……네?"

히비키는 고개를 갸웃거렸다. 무리도 아니다. 퀸과 히고로모 히비키에게 접점은…… 딱히 없다고 해도 과언이 아니다.

굳이 따지자면 한번 잡혔던 것과 외형을 모방한 것, 그리고 서로에게 적의를 꽤 품고 있다는 것 정도다.

"꽤 많군요." "그러네요! 방금 눈치챘어요!"

퀸은 쓰러진 채 꼼짝도 하지 않았다. 그래도, 벌떡 일어서는 건 아닌가, 하고 생각한 히비키는 쿠루미에게 시선을 보냈다.

"약속은 지킬 거라고 생각한답니다."

"하지만…… 제가 이야기를 나눠도 될까요?"

"사와 양의 부탁이니까요. 게다가, 저는 이미 작별을 마쳤어요."

"그런가요……."

쿠루미는 아무 말 없이 사와에게서 떨어졌다. 미련은 없다는 듯이, 단 한 번도 돌아보지 않았다.

그 대신, 히고로모 히비키가 쓰러진 그녀에게 다가갔다.

"저기……."

"안녕, 밉살스러운 사람."

사와는 그렇게 말하더니, 푸푹 하고 웃었다. 피장파장이에요, 하고 히비키는 말하고 싶었지만…… 그녀는 죽어가고 있다. 그 정도는 히비키도 알 수 있었다. 5분도 지나기 전에, 그녀는 소멸하여서 인계에 흩어지고 말리라.

토키사키 쿠루미가 승리한 것이다.

"당신, 죽는 거죠?"

사와가 그렇게 묻자, 히비키는 삐친 것처럼 고개를 획 돌렸다.

"죽는 것 맞죠?"

"그게 왜요?"

그녀와는 상관없는 일이다. 하지만 사와는 미소를 지우며 진지한 표정으로 말했다.

"그것이, 쿠루미 양의 마음에 상처를 남기리라는 것은 알고 있나요?"

"하, 하지만⋯⋯!"

—당연한 이야기다.

토키사키 쿠루미는 비정하고, 잔혹하다. 하지만 친구의 죽음에 아무것도 느끼지 않는 소녀가 아니다.

분명 상처 입고, 눈물 흘리며, 후회하리라. 그 정도는 히비키도 알 수 있다.

하지만 토키사키 쿠루미의 곁을 떠나는 것 자체가, 히비키에게는 있을 수 없는 일이다.

"죽지 않을지도, 모른다고요."

"아뇨, 죽어요. 반드시 죽어요. 틀림없이 죽어요. 제가, 보증하겠어요."

"되게 기분 나쁜 보증이네요!"

"⋯⋯살아남고 싶나요?"

진지하게, 거짓말을 허락하지 않겠다는 듯이. 사와가 히비키를 노려보았다.

"당연하죠."

그래서 히비키는 퉁명하게, 간결하게, 그리고 솔직하게 대답했다.

살고 싶다, 계속 살고 싶다. 한때, 히류 유에를 잃었을 때는 복수를 위해 살 수 있었다. 하지만 토키사키 쿠루미와의 이별은— 그 누구에게 복수한들 의미가 없다.

무의미, 공허. 진정한 엠프티.

"그래요."

그리고 야마우치 사와는 고했다. 번민과 고뇌가, 히비키를 덮쳤다.

◇

히고로모 히비키가 돌아왔다. 쿠루미는 고개를 갸웃거리면서, 천진난만한 표정으로 히비키를 응시했다.

이것은 「무슨 이야기를 나눴는지, 가르쳐주지 않을 건가요? 그럼 여러모로 곤란해질 텐데요?」 라는 뉘앙스가 담긴 동작이었다.

물론 히비키에게도 그 뉘앙스는 전해졌다. 전해졌지만—.

"전부, 말해줄 수는 없어요."

히비키는 딱 잘라 말했다. 쿠루미도 히비키와 오랫동안 알고 지낸 만큼, 그녀가 저렇게 나온다면 아무 말도 하지 않을 거라는 안다. 그래서 포기하듯 어깨를 으쓱했다.

"퀸…… 사와 양은, 어떻게 됐나요?"

"깨끗하게 사라졌어요."

"……그런가요."

"네."

침묵. 허무한 작별이란 느낌도 들었고, 아쉬움을 곱씹는 듯한 기나긴 이별이었단 느낌도 들었다.

"지진……이 아니군요."

케테르가 흔들렸다.

"맞아요. 인계가, 슬슬 끝나려나 봐요."

"……네?"

히비키의 말을 들은 쿠루미가 고개를 갸웃거렸다. 그녀는 지금, 무슨 소리를 하는 것일까.

"현실세계와의 접속이 끊어졌어요. 케테르의 도미니언을 이어받은 저, 히고로모 히비키는 그 권력을 행사해, 인계에 있는 모든 준정령에게 판단을 맡기겠어요."

"판단……?"

"네. 남을지, 넘어갈 것인지를요."

─이리하여, 이야기는 결말에 이르렀다.

─끝을 알리는 벨이 울리자, 세계는 멈췄다.

즉, 이것은 흔하디흔한······.

작별 이야기.

○두 개의 길과 한 개의 결말

히고로모 히비키, 왈.

『테스트, 테스트. 1, 2, 3. 현재, 마이크 테스트 중. 휴우, 좋아! 여러분, 들리나요? 들리죠? 제10영역의 여러분은 전투를 중지하고, 예소드의 여러분은 라이브를 일단 중지해주세요. 중요한 소식이 있어요. 또한 이 방송은 인계의 모든 영력에 있는 모든 준정령에게 전달되고 있을 거예요. 그러니까 직접 머릿속에 전달하고 있는 거죠. 저는 케테르의 도미니언, 히고로모 히비키. 그리고 호크마의 도미니언 유키시로 마야, 비나의 전 도미니언 꺄르뜨 아 쥬에, 헤세드의 도미니언 아리아드네 폭스롯, 게부라의 도미니언 카가리케 하라카, 호드의 도미니언 쥬가사키 레츠미, 예소드의 도미니언 키라리 리네무가 현재 이 자리에 있어요. 각 영역의 준정령이라면 감각적으로 그런 걸 알 수 있죠?』

『─자, 오랫동안 아껴주신…… 아, 이건 아닌가. 이 인계에 있는 여러분은 이제부터 어떤 결단을 내려야만 해요. 구체적으로 이야기하자면, 곧 **현실세계와 단절될 예정이에요.** 놀랐어요? 놀랐죠? 괜찮아요. 진정하세요. 심호흡하세요. ……했죠? 그럼 계속 이야기할게요. 우선, 이대로 있다간 인계는 틀림없이 사라질 거예요. 그건 저희 책임이 아니라 외부의 간섭에 의한 것이에요. 이 인계를 만든 위대한 사람인지, 신인지, 혹은 다른 무엇인지가 이 인계가 이제 필요 없다……고 판단한 것 같아요. 하지만, 아마 그 무언가는 인계가 이렇게까지 별개의 세계로 성립할 줄은 몰랐어요. 혹은 알면서도 무시했거나요. ……뭐, 그건 아무래도 상관없어요. 중요한 것은 현실과 이어져 있는 한, 이 인계는 소멸을 피할 수 없다는 거예요. 그래서 논의 결과, 현실과의 연결다리 역할을 하는 이 케테르를 싹둑 잘라내기로 했어요.』

『……정리하자면 말이죠. 이 세계는 건너편 세계와 완전히 분리된…… 다른 세계가 되는 거예요. 거꾸로 보자면, 현실로 돌아갈 기회는 곧 사라지죠. 그러니 현실로 돌아가기를 바라는 이가 있다면, 케테르로 와주세요. 각 영역의 게이트를 전부 개방하겠어요. 호크마가 케테르와 이어져 있으니, 거기까지 오면 따로 지시를 내리겠어요.』

『솔직하게 말할게요. 현실로 귀환하는 건 난이도가 상상을 초월해요. 이미 알고 있을지도 모르지만…… 저희는 죽고 나서 이 인계에 오게 됐을 가능성이 커요. 즉, 현실에 돌아간 순간에 죽음을 맞이한다는 결말이 예상되죠. 설령 육체가 있더라도…… 현실에서의 저희는 무력하고 귀엽기만 한 큐티 미소녀예요. 사회와 격리된 상태에서, 느닷없이 나타나게 될지도 몰라요. 저희를 보호해줄 부모는 이미 죽었을지도 몰라요. 상상하면 할수록, 가능성이 나쁜 쪽으로만 치닫고 있네요.』

『······그래도. 현실로 가고 싶다, 돌아가고 싶다, 건너편 세계에 가보고 싶다. 그렇게 바란다면, 케테르로 와주세요. 어느 길을 선택하든, 슬픈 건 마찬가지예요. 그렇다면, 하다못해, 스스로 결단을 내리세요. ······후회가 남지 않도록 말이에요. 저희는 전력을 다해, 당신들을 도울게요. 그럼 여러분. 또 만나요!』

인계가 충격에 휩싸였다. 그 직후에 각 도미니언의 지시가 각 영역에 전달되면서 이 인계 전역에 전해진 통신이 거짓이 아니라는 사실이 확인되자, 모든 준정령은 선택의 갈림길에 섰다.

결단하는 자, 망설이는 자, 결단을 내린 후에 망설이는 자, 어제와 같은 내일이 올 거란 믿음이 흔들리면서 망설이지조차 못하는 자.

그래도 시간은 흘러갔다. 시시각각, 시간만은 흘러갔다.

—그리하여, 결단한 자가 케테르에 모여들었다.

◇

히고로모 히키비는 마지막으로, 토키사키 쿠루미와 마주했다.

"어머. 이미 끝났나요?"

"네. 다른 분들에게 이야기를 듣고 왔어요. 남은 건, 쿠루미 씨뿐이에요."

"저뿐, 인 건 아닐 텐데요. 뭐, 좋아요. 자, 시작하세요."

쿠루미는 팔짱을 끼면서 가슴을 폈다. 저렇게 겁 없는 미소를 머금으니 정의의 사도보다 세계의 적 같아 보인다, 하고 히비키는 문득 생각했다.

■토키사키 쿠루미

【토키사키 쿠루미는 이 인계의 구세주일까. 아니면 적일까. 이제 와서는 아무래도 상관없다. 우연한 만남, 우연한 협력. 나는, 이 사람과 친구가 된 것을 평생 후회하지 않을 것이다. 평생의 행운을 다 쓴 느낌이 드는데, 애초에 나는 대체 몇 살일까.】

그건 당신이 결정해야 하는 것이랍니다, 히비키 양.

아니, 그건 그렇지만…… 좋아요, 그럼 시작하죠! 그럼 우선 이름부터 말씀해주세요.

토키사키 쿠루미, 라고 해요.

실은 토키사키와 쿠루미 사이에 에반젤린이라든지 앙트와네트 같은 미들네임이 있진 않나요?

없어요.

쳇. 경력……은, 이젠 됐어요. 그러니 질문을 바꿀게요. 이제까지 인계에서 싸워오면서, 가장 기억에 남은 건 뭔가요?

으음…… 퀸은 제외할까요. 그렇다면 역시 예소드에서의 아이돌 배틀이겠죠.

허를 찌르는 대답이네요…….

남들 앞에서 그렇게 노래하고 춤춘 건 처음이었답니다. 후후, 지금 생각하니 조금 부끄럽군요.

지금 생각해보니, 다양한 장소에 갔네요. 헤세드에 안 가고, 제6영역을 그냥 통과한 건 유감이에요.
_{티페레트}

아이돌로서 노래하고, 물총으로 싸우고, 도박을 하고, 추리하고, 모험도 했죠. 이제 와서 생각해보니, 정말 엉망진창이군요…….

맞아요~. 하지만 아이돌 배틀이 인상에 남았다니 기분 좋네요. 그건 제가 도움이 됐던 몇 안 되는 싸움이었잖아요.

……흐음. 견해가 일치하지 않는 것 같군요. 히비키 양, 이 기회에 말해두겠어요. 제가 이 인계에서 치른 싸움 중에서 ─ 당신이, **도움이 안 된 적은 단 한 번도 없답니다.**

에이~.

그 어떤 싸움에서도 필사적으로 물고 늘어지는 당신을 보며, 이대로 진다면 당신도 부질없이 죽게 된다……고 생각하니, 분발할 수밖에 없지 뭐예요. 기억해 두세요. 설령 도움이 안 될지라도, 그저 곁에 있어 주기만 해도 용기를 주는 분이 이 세상에는 존재한답니다.

……화, 황송……해요. 우와, 큰일 났다. 제 얼굴, 완전 새빨개졌을 것 같아요.

어머나.

이야~. 인터뷰어가 거꾸로 부끄러워하게 되다니, 역시 쿠루미 씨라니까요.

뭐가 역시라는 건지 모르겠군요……. 아무튼, 케테르의 도미니언이 된 히비키 양.

네?

그 도미니언의 힘은, 사와 양에게 받은 건가요?

그래요. 아까, 몰래 계승했어요. 사와 씨가 없었다면, 인계가 위기라는 걸 알아채지 못했을지도 몰라요.

모든 게 끝날 때까지, 이제 얼마나 남았죠?

아, 으음. ……글쎄요. 체감 시간으로 계산하면, 한 시간 정도예요. 한 시간 후, 인계는 현실과 완전히 분리될 거예요.

놀러 갈 시간은, 없겠군요.

괜찮아요, 쿠루미 씨.

네?

다 끝난 후에 언제든 같이 놀러 가면 되니까요. 네. 네. 몇 번이나 말했다시피, 지옥 밑바닥까지 함께 할 거예요.

【쿠루미 씨는 그 말을 듣고 풉 하고 웃었다. 약간 슬픈 듯이, 하지만 진심으로 즐거운 말을 들은 것처럼…….】

이걸로 인계에서 내가 할 수 있는 일은 다 한 것 같다. 남은 건 그저 살아남는 것뿐이다. 뭐, 그게 가장 어렵겠지만!

◇

작별의 순간이 찾아왔다. 아무것도 없는 공간에, 거대한 게이트가 하나 존재했다. 이제까지 영역을 잇는 게이트와는 비교도 안 될 만큼 거대했으며, 인간의 힘으로 여는 건 도저히 불가능해 보였다.

하지만 히비키가 팔을 한 번 휘두르자, 게이트는 희미하게 열렸다.

그 너머에 존재하는 것은 빛이 아니라 어둠. 건너편으로 가기로 결심한 준정령들도 암흑으로 가득 찬 문 너머를 보고 움츠러들었다.

"좋아!"

그런 와중에 가장 먼저 가겠다며 손을 든 이는 키라리 리네무와 반오인 카즈하, 그리고 그녀들을 따라가는 준정령

일행이다.

그녀는 뒤를 돌아보며 큰 목소리로 외쳤다. 목청껏, 남기로 결의한 도미니언과 아이돌들에게, 자신의 마음을 전했다.

"이제까지 저어어엉말 고마웠어! 이 세계에서 있었던 일을, 절대 잊지 않을게! 하나도 남김없이, 쭉 기억할 거야! 다들, 사랑해!"

"저도. ……저도! 이 세계를, 예소드를, 팬 여러분을, 아이돌 여러분을, 진심으로 사랑했어요! 잘 있어요……!"

미즈하가 이어서, 울먹이며 외쳤다.

"힘내~!"

하라카의 성원에, 아리아드네와 마야가 말없이 힘껏 손을 흔드는 모습에, 리네무는 눈가가 촉촉해졌다. 소매로 눈물을 닦으며 깊이 고개를 숙인 리네무는 문뜩 들고 있던 마이크를 보더니, 그것을 던졌다.

"아."

그것을, 우연히 예소드의 준정령이 받았다. 망설인 끝에 남기로 결정한, 무명의 아이돌이었다.

"당신의 인생이, 행복으로 가득하기를!"

리네무는 마이크를 받은 아이돌에게 최고의 미소를 남겼고, 미즈하는 보는 이들 모두의 가슴이 옥죄어들게 만드는 눈물 어린 표정을 남기며, 열린 게이트에 뛰어들었다. 그녀들의 뒤를 이어, 스태프와 팬들이 허둥지둥 게이트 안으로

들어갔다.

"그럼 제군. 오 르보아!"

그렇게 말한 꺄르뜨 아 쥬에는 화려하게 손을 들어 보였다. 남기로 결심한 팬이 비명을 질렀고, 함께 가기로 결심한 팬도 비명을 질렀다.

"꺄르뜨 씨는 의외로 팬이 많네요~!"

"후후후. 나를 뭐로 보는 거야, 히고로모 히비키! 좋아, 우리도 가자!"

『그럼 가겠소이다~♪』(스페이드), 『우리의 의식이 남을지 남지 않을지, 그것이 문제로다!』(클로버), 『괜찮을 거라고 생각함다!』(다이아), 『하느님, 도와주세요~!』(하트)

브레멘 음악대가 생각나게 할 만큼 시끌벅적했다. 꺄르뜨 아 쥬에는 끝까지, 화려하고 날렵하게 이 인계를 떠났다.

쥬가사키 레즈미는 의연하게 눈물을 참고 있지만, 문에 들어서기 직전에 뒤를 돌아보며 고함을 질렀다.

"카레하! 쭉 좋아했어! 이 마음은 죽어도 잊지 않을 거야!"

고함 지르고, 울고, 오열한 그녀는 다시 앞을 돌아보았다.

힘내세요, 하고 누군가가 외쳤다. 그 말에 답하듯, 그녀는 등을 보인 채 주먹을 들어 보였다.

창은 카가리케 하라카를 쳐다보았다.

"그럼 사부, 바이바이. 신세 많이 졌습니다."

"응? 내가 너를 돌봐줬던가? 너는 혼자서도 충분히 잘 지냈을 것 같은데……."

"아냐. 그런 게, 아냐. ……사부가 있어서 좋았어. 사부와 함께 싸워서 좋았어. 사부가 있었으니까, 나도 힘낼 수 있었어."

창의 눈가에서 눈물이 흘러내렸다. 하라카는 그 모습을 보더니, 「아아」하고 감탄 섞인 한숨을 토했다. 알고는 있었다. 알고는 있었지만…….

"자식이 보금자리를 떠날 때는, 참 힘든걸."

"응. 나도 힘들어. 그래도 참을래. ―당신을 만나서, 정말 좋았어."

창은 눈물을 닦더니, 하라카를 향해 환한 미소를 지었다. 부디, 하라카의 인상에 가장 깊이 남아 있는 것이 이 표정이기를.

그렇게 인계를 떠나는 준정령들이 차례차례 게이트에 뛰어들었다. 자매처럼 사이가 좋았던 준정령들도, 혹은 라이벌로서 항상 실력을 겨뤄왔던 이들도, 이별하고 있다.

미래를 향한 불안, 과거에서 비롯된 쓸쓸함, 그것들이 혼연일체가 되어서 이 장소의 분위기를 기묘하게 만들고 있다.

장례식도, 축제도 아니다. 졸업식이자 입학식 같은 것이다.

우는 이가 있다. 웃는 이가 있다. 목청껏 격려하는 이가 있다. 겁먹은 이가 있다. 그리고, 그 두려움을 극복하려 하는 이가 있다.

작별, 작별, 작별.

그리고, 마지막 두 사람만이 남았다.

"그럼 여러분. 이만 작별하죠!"

히비키가 그렇게 말하자, 주위에 모여 있던 도미니언과 시스투스가 엄숙하게 고개를 끄덕였다.

"인계를 맡기겠어요. 여러분한테 맡긴다면 아마 걱정 안 해도 되겠죠!"

"맡겨줘. 히고로모 히비키. 너에게 행운이 함께하길 빌게. ……별건 아니지만, 부적 삼아 가져가."

"이것도 받아."

"이건 내가 주는 거야~."

마야가 책을 건네줬다. 하라카가 부적을 건네줬다. 아리아드네가 귀마개를 건네줬다.

"귀마개?"

"베개를 주고 싶었지만, 다른 애들이 말리지 뭐야."

"하긴, 베개는 좀 그렇긴 하죠……."

"저는 수리검을 드리겠습니다. 무사히 건너편에 도착하면 버려도 괜찮습니다. 무기 소지법 위반으로 체포될 수도 있으니까요."

"에이, 왜 버려요! 아깝잖아요!"

"히비키 양."

"아, 시스투스 씨는…… 꽃?"

"네. 행운을 빌게요."

"……감사해요! 자, 쿠루미 씨."

쿠루미는 히비키를 향해 고개를 끄덕인 후, 남기로 한 준정령들을 돌아봤다. 그리고 깊이 고개를 숙였다.

도미니언을 비롯해, 그녀와 얽혔던 준정령들은 당황하지 않을 수 없었다.

"놀라게 했나 보군요. ……여러분, 정말 감사해요. 제가 여행자로서 이곳을 찾았고, 여행자로서 이곳을 떠나지만……."

몰려오는 추억을 잠시 덮어둔 후, 말을 이어갔다.

"네, 좋은 추억만 있지는 않아요. 하지만 여러분과 교류하며 즐거웠답니다. 기나긴, 기나긴 여행은 정말 즐거웠고, 영원토록 계속하고 싶단 생각마저 들었죠. 하지만 끝이 없는 여행은 존재하지 않아요. 그런 게 있다면, 그것은『끝나지 않는 것』이 목적인 여행에 지나지 않겠죠. 인계에서의 제 여행은, 이 자리에서 끝난답니다. 하지만 재미가 없어서 끝내는 것이 아니에요. 현실이 좋아서 끝내는 것도 아니죠. ……아마…… 선택한 본인만이 알 수 있는…… 복잡한 심경에서 비롯된 것일 테죠."

어느 세계가 더 나은지, 비교해봤자 의미는 없다.

그런 것으로, 준정령들은 자신들이 살 장소를 선택하지 않는다. 그녀들은, 그저 고른 것이다. 선악이 아니라, 비교가 아니라, 이익이 아닌 무언가를 갈구하며…….

"인계에 남기로 결심한 당신들은 **옳아요.** 인계를 떠나기로 결심한 당신들도 **옳아요**. 분명…… 누구도 틀리지 않았을 거랍니다."

쿠루미는 심호흡을 한 후, 마지막 말을 고했다.

"그럼 여러분. 앞으로 이 세계를, 잘 부탁드려요."

쿠루미는 작게 손을 흔들었다. 마주 손을 흔드는 이, 흔들지 않는 이, 슬픔에 젖은 이, 당황한 이, 모두가 친구가 아니며, 모두와 우호적인 관계도 아니다.

하지만 그녀들은 같은 세계에서 산 존재였다. 함께 호흡하며, 존재를 인식했던 소녀들이다.

인계의 모든 것을 포함해, 전부 사랑스럽다. 토키사키 쿠루미는 그렇게 생각했다.

―너무 늦었군요.

만약 좀 더 일찍 눈치챘다면. 자신의 선택 또한 달라졌을지도 모른다.

머나먼, 그 여름의, 그 한순간을 아쉽게 여기며, 이 인계에 남는 길을 선택했을지도 모른다.

하지만, 그렇게는 되지 않았다.

"시스투스."

"네."

"잘 있어요. 예전의 『저』."

"네. 잘 가요…… 토키사키 쿠루미."

쿠루미는 히비키의 손을 잡고, 도약하듯 한 걸음 내디뎠다. 쿠루미와 히비키의 모습이 게이트 너머로 사라지는 것과 동시에, 문이 천천히 닫혔다.

그리고, 잠시 후…….

현실 세계에 있어, 인계란 존재는 소멸했다. 관측이 불가능해졌고, 하나의 세계가 붕괴했다. 현실에서 사는 인간 중 그 누구도 알지 못하지만…….

그곳에는, 삶을 이어가고 있는 소녀들이 있다.

◇

손을 맞잡고, 말없이 걸음을 옮겼다.

"절대 놓지 마세요."

"물론이죠! 놨다간 다시는 못 만날 것 같은 느낌이 드니까요!"

히비키의 목소리는 공포에 질려 있었다.

길이 보이지 않는다. 바람이 격렬한 소리를 내며 불고 있다. 빛이 없다. 그저 바람이 휘몰아치는 소리만 들렸다.

어둠에 뒤덮인 황야를, 무턱대고 걷는 기분이다.

자신이 앞으로 나아가고 있는지도, 알 수 없었다.

"쿠루미 씨!"

"네, 무슨 일이죠?!"

"쿠루미 씨는, 현실에 돌아가면 뭘 하고 싶나요?!"

"어머, 인터뷰를 계속하는 건가요?!"

"그렇게 생각해주세요!"

"그야 물론! 그 사람을, 만나러 갈 거랍니다! 웨딩드레스를 입고, 온 힘을 다해 뛰어갈 거예요!"

"우와, 무서워! 쿠루미 씨, 그건 무섭다고요! 그리고 너무 부담 주는 거 아니에요?!"

상상해봤으면 한다.

어느 날 갑자기, 집 혹은 학교에 웨딩드레스 차림의 소녀가 감동적인 BGM 속에서 뛰어오는 것이다. _{쿠루미}

피어&헤비 그 자체다.

"부~담~주~는~게~뭐~어~때~서~요~!"

히비키는 그 항의를 듣고 깔깔 웃었다. 웃으면서, 손에 힘을 줬다.

그리고, 눈치챘다.

감촉이 느껴지지 않았다. 마주 쥐고 있는, 쿠루미의 손이 느껴지지 않았다.

"쿠루미 씨~!"

"왜 그러죠~?!"

목소리, 목소리는 들린다. 목소리만이, 들린다. 하지만, 쥔 손은 물론이고 자기 손도 보이지 않았다.

"저, 위험한 것 같아요~!"

그래서 고함을 질렀다. 최대한 큰 목소리로, 곁에 있는 쿠루미를 향해 말이다.

"히비키 씨, 위험하다는 게 무슨 말이죠~?!"

"감각이 없어요~! 목소리만 들려요~!"

침묵.

바람 소리가, 주위를 지배했다.

"—아아, 정말이군요."

그 속삭임을 끝으로, 목소리마저 끊겼다.

"아…………."

두근, 하며 불길한 예감에 사로잡힌 심장이 뛰었다.

"쿠루미 씨?"

침묵.

"쿠루미 씨? 쿠루미 씨~! 들리나요~!"

침묵.

"부탁, 부탁이에요. 대답해주세요. 쿠루미 씨, 여기 있다면 말해주세요. 부탁이에요……! 싫어, 저, 어디로 가면 될지도, 모르겠어요……!"

달리고 있는 걸까, 걷고 있는 걸까, 멈춰 선 걸까.

짙은 어둠이 주위를 감싼 탓에, 뭐가 어떻게 된 건지 전혀 알 수 없었다.

하지만 멈춰 서선 안 된다는 본능적인 경고만은 이해하고 있었다.

아주 조금, 체념하며, 한계라는 생각에, 멈춰선 순간, 자신은 죽는다.

그런 예감에 사로잡힌 탓에, 발만은 계속 놀리려 했다. 실제로는 멈춰선 상태에서, 발만 움직이고 있는 걸지도 모른다— 그런 환각을 어찌어찌 떨쳐냈다.

앞으로.

희망에 찬 내일로.

뒤로.

절망에 찬 죽음의 구렁텅이로.

어느 쪽을 향해 걷고 있는 걸까. 걷고 있기는 한 걸까. 나는, 걷고 있기는 한 것일까.

히고로모 히비키는 알 수 없다. 바람은 점점 강해졌다.

"으으으으으으……!"

신음을 흘리며, 울음을 터뜨리며, 뛰었다. 무의미한 죽음, 이라는 말이 뇌리에서 사라지지 않았다.

"싫어, 싫어, 싫어……! 도와줘, 누가…… 누가 좀, 도와줘……!"

평소 같으면, 누군가가 대답했을 것이다. 평소 같으면, 어쩔 수 없다는 듯이 쿠루미가 손을 내밀었을 것이다. 하지만, 그녀의 모습이 보이지 않는다. 목소리가 들리지 않는다. 체취를 맡을 수 없다. 존재를 느낄 수 없다.

어쩌지. 어쩌면 좋지.

답을 알 수 없다. 가르쳐줄 사람도 없다.

그런 와중에, 귀가 아플 정도의 바람 소리가 들려왔다. 자신이 숨을 들이마신 건지, 토한 건지, 자신이 살아있는지, 죽은 건지, 그것조차도 알 수 없었다.

마음이 꺾이는 소리가 들려왔다.

혼은 썩어들어갔고, 몸은 원래부터 없다.

죽고, 사라져서, 없어졌다. 허무이자, 소멸이자, 절망이었다.

"――아."

마치 익사하는 듯한 고통 속에서 정신을 차려보니, 히비키는 걸음을 멈춘 채 쓰러져 있었다.

한 번 멈춰 서면 두 번 다시 일어서지도, 걸음을 내디딜 수도 없다는 것을 이해하고 있었다. 그런데도, 히비키는 쓰러지고 말았다.

"아아……."

역시, 무리였나. 육체를 지니지 못한 자신은 도달할 수 없는 영역인가.

아무도 없는 황야에, 히비키는 홀로 쓰러져 있었다.

그 후로 히비키는 자신의 과거를 떠올렸다. 보잘것없는, 소소한 과거를…….

―히고로모 히비키는, 태어날 때부터 빈껍데기였다.

이 인계에 언제 왔는지, 언제 이곳에 떨어진 건지, 언제 발생한 건지, 전부 모호했고, 알고 있는 것이라고는 자신의 이름과 무명천사 〈킹 킬링〉 뿐이다.

어렴풋이 그 시절을 떠올리자…….

자신이, 갓 태어났을 때보다도 더 공허해졌다는 사실을 깨달았다.

주위에는 아무도 없었다. 무명천사도 없다. 자신의 이름 또한, 흐릿해지고 있었다.

히고로모 히비키, 히고로모 히비키, 히고로모 히비키, 히비키, 히비키, 히비키, 히비—.

"후회해?"

—안 해요.

"왜? 이렇게 고통스러운 죽음을 맞이하고 있잖아."

아아, 그렇다. 익사를 예로 든 건, 진짜로 숨이 막혀서다. 혼이, 사는 것을 그만두려고 하고 있다는 증거다.

편해지고 싶다, 하고 히비키는 생각했다. 그저 괴롭기만 한 현재에서 해방되고 싶다. 그럴 수 없는 건. 그러고 싶지 않은 건…….

"토키사키 쿠루미를 위해서야?"

그렇다, 하고 대답하려다 문득 생각했다. 지금, 자신이 싸우고 있는 건. 정말, 토키사키 쿠루미를 위해서일까.

—왠지, 조금은 그렇지 않은 듯한 느낌이 들었다.

이제까지, 히고로모 히비키란 소녀는 토키사키 쿠루미에게 도움이 되는 것만이 삶의 보람이었다. 그녀를 위해서라면 죽어도 좋다, 라는 것 또한 농담이 아니다.

하지만, 지금은 좀 달라요.

─나는, 나를 위해, 살고 싶어.

살아서, 토키사키 쿠루미의 옆에 서서 함께 걷고 싶다. 그녀의 친구로서, 그녀의 동료로서 말이다.

생사와 상관없는, 별것 아닌 잡담을 나누고 싶다. 사랑 이야기라든가, 영화 이야기라든가, 그런 아무래도 상관없는 한심한 이야기를 나누며, 웃고 싶다.

─그것은, 내 억지다. 하지만…….

"이제 됐어요. 자신의 욕망을 긍정하는 건, 인간이 되기 위한 첫걸음이죠. 그럼, 인간이 **되는 법**을 알려드리겠어요."

─네? 그것보다, 당신은 누구죠?

"아까 당신과 싸웠던, 야마우치 사와…….의 잔재예요."

─잔재?

"으음, 여분이랄까 나머지일까요. 뭐, 당신에게 있어서는 복 같은 거죠. 잘 들어요, 히비키 양. 당신은, 인간이 아니에요."

─어, 아, 저기, 인간 말종 같은 의미인가요?

"아뇨. 대체 왜 그런 쪽으로 생각하는 거죠. 당신은 **진정한 의미에서 인간으로서 존재하지 않았던 거예요.**"

─으음.

"예전에 잡았을 때, 혼의 기억을 읽었어요. 당신은 엠프티들의 잔재가 모여서 만들어졌어요. 히고로모는 누군가의 성이고, 히비키는 누군가의 이름, 〈킹 킬링〉 또한 다른 엠프티가 지니고 있던 거예요."

—우와, 진짜인가요. 완전 3단 합체 악마네요.

"……셋만 합쳐졌을 리가 없잖아요. 아마 당신이란 존재를 구성하기 위해, 100명 이상의 엠프티가 합쳐졌을 거예요. 당신은 다양한 재능을 가지고 있지 않았나요? 그것은 그 엠프티들이 원래 가지고 있던 거예요."

—맙소사. 100단 합체인가요…….

"다른 엠프티들은 후천적으로 목적을 잃고 사라지지만, 당신은 반대죠. **당신에게는 살아야 하는 목적이 처음부터 존재하지 않았어요.** 우연히 생겨나서, 그저 사라질 뿐인 생명체. 그것이 히고로모 히비키예요. 아니, 였어요."

—지금의, 저는…….

"몸을 구성하겠어요. 말하자면 짝짓기 같은 거죠. 아, 미안해요. 표현이 좀 그렇죠?"

—저, 처음인데 잘 할 수 있을까요……?

"당신, 말주변이 좋네요. 아무튼 육체는 하나로 표현되지만, 실은 다양한 것들로 구성되어 있어요. 피부, 손톱, 근육, 신경, 뼈, 혈액, 기타 등등. 하지만 구성된 물질 자체는 딱히 문제가 되지 않아요."

—그런가요?

"네. 결국, 인간은 인간으로 단정 짓는 것은 육체가 아니라 혼이죠. 남은 건 그것을 얼마나 정성 들여 끼워 맞추냐는 거예요. 당신은 이제까지, 한 번도 현실의 육체를 고려하며 행동한 적이 없을 거예요. 하지만 앞으로는 그 점을 고려하며 행동해야만 해요. 그것은 이제까지 살아오면서 무의식적으로 생략했던 동작을 전부 다시 고려해야 한다는 의미죠."

—혹시, 혹시 말이죠. 엄청 힘든 거 아니에요?

"혹시나가 아니라, 진짜로 엄청 힘들 거예요. 죽는 편이 낫다 싶을 정도로 말이죠. **당신은 심장을 움직이는 법조차 모르니까요.**"

이제까지의 거짓된 삶을 전부 부정하고, 하나부터 전부 창조해야만 한다. 태아조차 무의식적으로 하는 동작조차도 의식해야만 한다. 그중 하나라도 깜빡했다간, 죽음으로 이어진다. 현실세계에서는 호흡을 하지 않고 살 수 있는 인간이 없으니 말이다.

—하지만, 심장을 움직이는 법이라고 해도……!

"제가 있어요. 저, 야마우치 사와는 인간으로서 살아왔어요. 101명째의 잔재, 라는 거죠."

—아하! 그런데 사와 씨.

"당신에게 사와 씨, 라고 불릴 이유는 없다고 생각하지만…… 아무튼, 무슨 일이죠?"

—혹시 말이죠. 현실 세계에 가보니, 제가 야마우치 사와가 되어 있다…… 같은 공포 영화 같은 사태가 벌어지는 거예요?

"⋯⋯."

─⋯⋯.

"그럼 시간이 없으니, 시작하도록 할까요. 거부하는 건 자유지만, 그것은 피할 수 없는 소멸을 의미해요."

─우와, 약았어! 뭐, 좋아요. 이렇게 됐으니 저는 끈질기게 살아남고 말거라고요!

"⋯⋯정말 멘탈이 튼튼하군요⋯⋯. 안심하세요. 야마우치 사와가 되지는 않을 거예요. 저는 어차피 101명째에 불과하니까요. 히고로모 히비키라는 총체적인 이가 존재하는 한, 크게 영향은 없을 거예요. 단─."

─단?

"쿠루미 양을 향한 마음은, 좀 더 묵직해질지도 모르겠군요."

─어, 저만으로도 충분히 묵직하다고 생각하는데요.

"짜증스러운 레벨이 되겠네요."

─뭐, 자초지종을 전부 이야기하면 되겠죠! 이러쿵저러쿵해도 쿠루미 씨는 저한테 무르니까요!

"정말 긍정적이군요."

어처구니없다는 듯이, 사와는─ 히비키의 내면에 있는 사와는, 한숨을 내쉬었다.

"콜록, 콜록, 콜록!"

처음 느낀 것은 고통이었다. 이제까지 느낀 적 없는, 강렬한 고통 말이다.

"그것이 호흡이라는 거예요, 히비키 양. 그럼, 심장을 움직여서 혈액을 공급해보죠."

"으윽…… 튜토리얼 느낌으로 말하네요……."

하지만 그 고통은 암흑 속으로 서서히 가라앉는 것 같던 자신을 부활시켜줬다.

호흡한다. 심장을 움직인다. 피를 흐르게 한다. 그것이, 현실 세계에서 살아간다는 것이다.

"이 길은 어둠에 뒤덮여 있지 않아요. 당신이 시각으로 사물을 보고 있지 않을 뿐이죠."

압도적인 빛, 눈이 타들어 가는 듯한 고통.

"산다는 건 괴롭고, 아프며, 힘든 것이에요. 그래도, 힘낼 건가요?"

"당연하죠! 콜록, 괴로워!"

목소리를 내기만 해도 숨이 막혔다. 어디에나 중력이 있고, 인간의 몸에는 장기가 있으며, 음식물을 소화하여 영양분으로 삼는다. 영력은 있지만, 대다수 인간에게 있어서는 무의미한 연료다.

인계가 천국이라면, 현실은 괴로움의 세계일 것이다.

그저 사는 것만으로도 괴롭다. 삶의 의미를 찾으려 해도, 의미가 없다.

그렇다. 삶의 의미가 존재하는 게 아니라, 삶 그 자체가 의미 있다. 그것이 현실 세계라는 것이다.

히고로모 히비키라고 하는, 순진하고, 순수하며, 악랄한
데다, 변덕쟁이에, 밝고, 어두운, 온갖 소녀의 온갖 잔여물
을 조금씩 이어받은 준정령은…….

지금, 드디어. 태어나서 처음으로.

삶을 실감하고 있었다.

◇

눈 부신 빛은 열기를 지녔고, 들이마신 공기는 탁하게 느
껴졌다.

"—아아."

의외로 간단히, 예상보다 편하게, 토키사키 쿠루미는 인계
에서 현실로 귀환했다.

손에 쥔 〈자프키엘〉이, 가루가 되었다. 몸이 갑자기 무거
워졌다. 영력이 고갈되어서, 거의 다 죽어가는 것이나 마찬
가지였다.

아침햇살. 어디선가 들려오는 잡음. 평소에는 신경도 쓰지
않는, 아스팔트 냄새.

"돌아온…… 거군요……."

그리고, 퍼뜩 뭔가를 깨닫고 등 뒤를 돌아보았다. 아무도
없다. 맞잡고 있던 손은 어느새 사라졌고, 외길에서 그녀의
모습을 찾을 수 없다.

그것은 영원한 이별 같았고, 그렇게 되어버릴 것만 같았기에, 그녀의 이름을 부를 용기가 없었다.

평소 같으면. 히비키가 먼저 고함을 질렀을 것이다.

"쿠루미 씨이에취이잇~!"

그렇다. 이런 식으로 고함을—.

"히비키 양?! 두꺼비가 밟혀 죽으며 낸 비명 같은 소리를 낸 건 히비키 양이죠?! 아니, 설마⋯⋯!"

"그 설마가, 맞아, 요⋯⋯ 콜록쿨룩꾸웹!"

토키사키 쿠루미보다 몇 분 늦게, 히고로모 히비키라고 하는 한때 빈 껍데기였던 소녀가 한 명의 인간으로서 이 세계에 탄생했다.

"저기, 히비키 양? 아무리 저라도, 이건 코미디틱해선 안 되는 장면이라는 건 이해하고 있답니다. 그러니 제 이름 정도는 진지하게 불러주시지 않겠어요?"

"어, 어쩔 수 없잖아요! 저도, 좀 더 감동적인 재회를 연출하고 싶었다고요! 하지만! 저! 실은! 이런저런 일이 있어서! 성대로 목소리를 내는 게 태어나서 처음이라고요! 우에에엥! 눈도 따끔거리고, 심호흡할 때마다 공기가 나빠서 가슴이 아파요. 우엥, 정말⋯⋯."

눈앞에 있는 소녀는 히고로모 히비키와, 야마우치 사와와, 퀸과 비슷해 보이지만 비슷하지 않은, 옛날부터 이런 얼굴이었던 것 같기도 한, 그런 모호한 얼굴을 지녔다.

하지만 이 소란스러움만으로 알 수 있다.

어쨌든 간에, 뭐든 간에, 그녀는 틀림없는 히고로모 히비키다.

"……그렇죠?"

"아니, 저도 제가 뭔지 잘 모르겠어요. 실은 아까, 아니 아까라고 말했지만 실은 한 달 정도 시간이 걸렸는데, 아무튼 충격적인 사실이 밝혀졌거든요!"

"어, 아, 네?"

히비키의 텐션이 평소보다 훨씬, 바보 같을 정도로 높았다. 그것은 좋은 일이지만, 그녀의 말은 영 종잡을 수가 없었다.

"간단히 말해 저는 인간이 아니라, 으음~, 군체나 집합체 같은 존재여서, 육체를 구성해도 숨을 쉬거나 심장을 뛰게 할 수 없다, 같은 충격적인 사실이 밝혀졌어요. 그래서 어쩔 수 없이 사와 씨가 마지막으로 남긴…… 찌꺼기라는 표현은 좀 그러니 잔재 같은 멋진 표현을 쓰겠는데, 아, 사와 씨를 바보 취급하는 게 아니라, 진짜로 찌꺼기가 맞거든요. 아~ 으음, 어디까지 이야기했더라. 아무튼, 저는 히고로모 히비키예요! 인간이 된 건 처음이에요! 그리고, 온갖 준정령이 뒤섞여 있어요! 하지만! 기본적으로는 딱히 변하지 않았어요! 이상이에요!"

너무 우왕좌왕하는 이야기라 쿠루미는 당황했지만, 일단

중요한 부분만 언급했다.

"……당신은 히고로모 히비키이며, 사와 양도 약간 섞여 있다…… 그렇게 알면 될까요?"

"뭐, 그런 느낌이에요! 앞으로도 지도 편달 잘 부탁드려요."

……아하. 그럼 우선 해야 할 일이 있다고 쿠루미는 생각했다.

"히비키 양."

"네~?"

히고로모 히비키를 안았다. 맑고 힘차게 뛰는 심장의 리듬이, 쿠루미의 몸에 전해졌다.

살아있다. 틀림없이, 히고로모 히비키는 살아서 이 자리에 있다.

히비키는 당황했지만, 곧 휴우 하고 한숨을 내쉬면서 쿠루미의 몸에 두 팔을 둘렀다.

"……쿠루미 씨." "왜요? 히비키 양."

"울고 싶어졌어요." "이런 우연도 다 있군요. 저도 그렇답니다."

"그럼 하나, 둘, 셋에 울까요?" "히비키 양의 의견치고는 괜찮군요."

"네." "그럼……."

하나, 둘, 셋.

그렇게, 토키사키 쿠루미와 히고로모 히비키는 마음껏 울기로 했다. 울어도, 울어도, 계속해서 눈물이 샘솟았다. 꼴 사납다, 고 생각했다. 부끄럽다, 고도 생각했다. 하지만 그 이상으로 기뻐서 참을 수가 없었고, 그러면서도 슬퍼서 견딜 수가 없었다.

기나긴 여행의 끝. 도착한 곳은, 현실이란 이름의 행복이었다.

◇

현실 세계와 인계의 연결이 끊어졌다. 현실에서의 관측으로는, 아마 완전한 소멸로 인식되었으리라.

하지만 인계는 살아있다. 인계에 사는 이 또한, 계속해서 살아가고 있다.

"각 영역이 극심한 혼란에 빠졌어. 우선 한시라도 빨리 각 영역의 도미니언을 뽑아야 해."

마야는 안경을 손가락으로 고쳐썼다. 하라카는 그 모습을 보더니, 곤란한걸, 하고 중얼거리며 팔짱을 꼈다. 그리고 아리아드네는 여전히 자고 있다. 비서로서 기용한 사가쿠레 유이는 불길한 예감을 받으며 뒷걸음질 쳤다.

"……일단 네차흐는 사가쿠레 유이에게 맡기기로 하고……."

"저기…… 저는 절망적일 정도로 도미니언에 적성이 없다

고 생각합니다만……."

"괜찮아. 이럴 때를 위해 이미 매뉴얼을 집필해뒀어. 타이틀은 『바보도 도미니언이 될 수 있다』."

"그럼 누구라도 상관없지 않습니까?"

"누구라도, 는 아냐. 도미니언은 힘이 있는 자가 되어야 해. 그리고 사가쿠레 유이는…… 숫자로 밀어붙일 수 있잖아."

"꽤 어처구니없는 이유군요……."

"케테르는 부재로 괜찮을 테고, 남은 건 비나, 티페레트, 호드, 예소드, 말쿠트…… 많아……. 너무 많아……!"

"호드와 말쿠트는 제가 맡을까요?"

그 말을 들은 네 사람이 회의실의 문 쪽을 쳐다보았다. 어느새 들어온 건지, 빙그레 웃고 있는 토키사키 쿠루미—가 아니라, 시스투스라 불리는 소녀가 손을 흔들고 있었다.

"맡아주겠어?"

"여러분만 괜찮다면, 말이죠. 저를 신용할 수 없다면, 어쩔 수 없겠지만—."

"아, 전혀 그런 게 아니니까 이쪽으로 와서 앉아. 사가쿠레 유이, 차 좀 내와. 마비약을 넣어도 괜찮아. 자, 토키사키 쿠루미, 아니, 시스투스. 너는 티파레트와 호드와 말쿠트를 맡아주겠다는 걸로 알면 되지? 그럼 지금 바로 여기에 사인을 해줘."

"은근슬쩍 영역을 하나 늘리지 말아줄래요?! 저는 미경험

자거든요?!"

엄청난 기세로 시스투스를 자리에 앉힌 마야가 말을 마구 쏟아내면서 서류를 꺼내서 사인을 강요하자, 시스투스가 딴 죽을 날렸다.

쳇, 하고 말한 마야는 인상을 쓰며 다시 자리에 앉았다.

"애초에, 도미니언이 어떤 건지도 저는 모른답니다……."

"서류."

"네?"

"다른 도미니언은 몰라도, 나한테 있어 도미니언이란 서류 업무야. 얼마 전까지는 모 여왕 탓에, 다른 영역으로 이동하는데도 허가증을 발행받아야 했거든."

"출발점에 서자마자 갑자기 구역질과 현기증이 나는군요. ……하지만 여왕이 없어졌으니, 그런 서류는 필요 없지 않을까요?"

"그런 것을 논의해서 결재하기 위한 서류가 필요해."

"미적지근해~~~~. 죽도록 미적지근해~~~~."

아리아드네가 축 늘어진 채 비명을 질렀다. 마야는 그 모습을 곁눈질하며 어험 하고 헛기침을 했다.

"아무튼, 우리는 잘해나갈 수 있을 거라고 생각해. 도미니언을 맡아줘서 고마워, 시스투스."

"삼가 받들겠어요. 마야 양."

만족한 듯이 고개를 끄덕이는 마야의 옆에서, 하라카는

기회를 잡았다는 듯이 커다란 술병을 꺼내 들었다.

"회의는 이쯤에서 끝내기로 하고, 한잔할까!"

"한잔하기는 무슨. 결재해야 할 서류가 이렇게 산더미거든?"

"마야의 말이 점점 빨라지네…… 뭐, 결속을 다지기 위한 자리 같은 거야. 한 잔 정도는 괜찮지 않겠어?"

하라카가 그렇게 말하자, 마야는 한숨을 내쉬었다.

"……뭐, 한 잔 정도라면……."

하라카는 잔에 술을 따른 후, 치켜들며 외쳤다.

"그럼…… 건너편으로 간 친구들, 그리고 이곳에 남은 소중한 친구들을 위해!"

건배, 하고 말한 그녀들은 술잔을 입에 댔다.

변함없이 평온한 시간. 미지를 향한 불안과 공포는 있지만, 희망은 이곳에 있다.

인계는, 이제 현실과 이어져 있지 않은 것이다.

"크, 큰일 났습니다!"

"어?"

도미니언들이 영역회의 중인 회의실에 뛰어 들어온 것은 호크마의 준정령이었다. 그 준정령을 아는 마야가 자리에서 일어나더니 「무슨 일이야?」 하고 물었다.

"새."

"……새?"

"새로운 준정령이 관측됐습니다. 건너편 세계와 단절된 후

에 발생한 준정령이에요."

마야는 그대로 뛰쳐나갔고, 아리아드네와 하라카, 시스투스도 허둥지둥 그 뒤를 쫓았다.

아리아드네가 달리면서 외쳤다.

"어, 어떻게 된 거야~?! 건너편과의 접속은 완전히 끊어진 거 아니었어?!"

"그 후로 오랜 시간이 흐른 건 아니지만, 인계편성(隣界編成)은 관측 안 됐지?! 그게 없어졌으니, 나도 건너편과는 완전히 인연이 끊어졌다고 생각했어!"

"몰라! 모르지만, 그 준정령에게 물어볼 수밖에 없어!"

그 준정령은 포위당한 채, 불안한 듯이 좌우를 쳐다보고 있었다. 눈가에 눈물이 맺힌 채 떠는 모습은 갓 태어난 새끼 사슴을 연상케 했다.

"무, 무서워하지 마세요~."

사가쿠레 유이(다른 개체)가 딱딱한 미소를 지으며 그녀를 어르고 있었다. 어르고 있다는 표현을 썼지만, 둘은 비슷한 또래 같아 보였다.

"저, 저기. 여기는 어디인가요?"

"으음……."

사가쿠레 유이는 대답을 해줄지 말지 망설였다. 그 모습을 보고 불안을 느낀 건지, 그녀는 더 떨기 시작했다. 유이도 이때만큼은 사교성이 부족한 자기 자신을 저주했다.

"도, 도착했어……. 하아, 하아……."

최종적으로 도중에 탈락할 뻔한 마야는 하라카에게 둘러메진 채 도착했다.

"누, 누구세요?"

"……유키시로, 마야라고 해."

"아, 네. 유키시로 씨. 여기는…… 어디인가요?"

"그 질문에 답하기 전에, 내 질문에 답해줬으면 해. 당신의 이름과, 과거를 알려줘."

"으음, 이름은 ——예요. 과거는…… 과거는, 생각 안 나요."

"손에 쥔 건……."

"무명천사 ——예요."

이름도, 무명천사도, 미지의 준정령.

과거는 없는 걸까. 잊은 걸까. 혹은…… 마야가 예전에 고찰했던 것처럼, 혹시 이 인계에서는 **준정령이 태어나고 있는 걸까.**

진실은 이제부터 조사해봐야만 알 수 있다. 하지만, 이것만은 그녀에게 말해줘야 한다.

"인계에 어서 와. 당신을 환영해."

웃으면서, 손을 내미는 것부터 시작하자. 예전에 다른 사람이 자신에게 그렇게 해줬던 것처럼…….

두려움에 떨던 준정령은, 그 말과 마야의 미소를 보고 아도의 한숨을 내쉬더니…….

　그 손을, 꼭 움켜쥐었다.

　세계에 변화가 발생했지만, 여전히 규칙적으로 흘러가고 있다. 소녀들의 운명은, 소녀들의 마음에 달려 있다.

○그리고, 토키사키 쿠루미는

—상상해주기를 바란다.

목숨을 바쳐도 아깝지 않은 사람이 있다. 그 사람과 같이 쇼핑하기로 약속했다. 그리고, 그 사람과 함께 걸으며 잡담을 나누고 있을 때…….

"아…….."

그렇게 중얼거린 그 사람이 웨딩드레스에서 눈을 떼지 못할 경우, 어쩌면 좋을까. 질문자는 저, 히고로모 히비키입니다.

이 질문의 정답은 일단 제쳐두기로 하고, 두 번째 문제.

현실세계에서 산 지 한 달이 지났다. 가장 먼저 한 일은 무엇일까?

다양한 사람들을 만나는 것? 인계에는 없는 다양한 문물을 접하는 것? 인계와의 갭 때문에 괴로워하는 것?

전부 틀렸다. 정답은 서류 위조다. 아하하하.

구체적으로는 이 일본이란 나라에서는 호적이라는 것이 매우 중요하며, 이게 없으면 운전면허도 딸 수 없고, 신분증명도 할 수 없으며, 일자리를 구하기도 어렵다.

인계에서 살아가기 위해서는, 영력이 필요했다.

지금 필요한 것은 돈, 머니다.

"현실은 참 살기 어려운 곳이네요…….""히비키 양도 이제야 깨달았나 보군요."

우쭐대는 절친의 얼굴을 꼬집어주는 권리 정도는 당연히 허락된다고 생각한다.

뭐, 그래서 쿠루미 씨의 연줄을 이용해 수수께끼의 조직과 접촉했습니다~. 그 조직도 「어느 날 갑자기, 100명이 넘는 수수께끼의 소녀가 나타났다!」라는 사태 때문에 당황한 것 같았다.

게다가 그중 몇 명은 행방불명으로 여겨지던 소녀였고, 그뿐만 아니라 5년 전에 행방불명된 그 소녀가 5년 전의 모습으로 나타났으니 패닉에 빠지는 것도 당연했다.

거기까지는 그 조직의 높으신 양반으로 보이는 여자애(트윈테일에 사탕을 입에 달고 사는, 에로틱한 느낌의 잘난 여자애였다. 참고로 이 여자애는 예전에 쿠루미 씨를 박살 내준 적이 있는 것 같았다. 맙소사, 현실의 여자애는 대단하네)가 쓴웃음을 머금으며 설명해준 것이다. 그리고 준정령 소녀 중 7할 정도가 「그 미남을 만나고 싶어요~♥」 하고 말했을 때는 머리를 감싸 쥐었다고 한다.

"이 바보 오빠가 대체 무슨 짓을 한 거야?! 뭐? 아무것도 안 했어?!"

그저 삶에 그다지 집착하지 않던 소녀들을, 닥치는 대로 꼬셔댔을 뿐인데요. 예를 들자면, 사막을 헤매다 쓰러졌을 때, 마우스 투 마우스로 물을 먹여준 것에 가깝다.

난리가 났겠지만, 어쩔 수 없다. 인생에 봄이 찾아왔다는 식으로 생각해줬으면 한다. 뭐? 요즘 들어 항상 이성한테 인기가 좋았다고? 맙소사.

……뭐, 그런 문제도 얼추 정리됐다.

호적 쪽은 그 조직에서 손을 써줬다. 즉, 신분은 증명됐다. 가족이 아직 살아있는 준정령은 가족을 만났고, 가족과 다시 함께 살게 된 이도 있다.

키라리 리네무 씨와 반오인 미즈하 씨는 현실 세계에 도착하고 2주만에 완전히 적응했다. 호적 취득 후, 바로 사무소에 스태프와 함께 들어갔다. 그리고 그대로 아이돌 데뷔에 성공했다. 활력이 정말 어마어마했다.

마을을 돌아다니다 보면, 그녀들의 포스터나 광고 영상이 드문드문 눈에 들어왔다. 목표는 넘버원 아이돌, 이라고 한다.

꺄르프 아 쥬에 씨는 호적을 손에 넣자마자 여행을 떠났다. 그리고 트럼프 곡예를 보여주며 돈을 버는 것 같다. 걷지는 못하지만 말을 할 수 있는 트럼프들은 그야말로 불가사의한 세상의 존재일 것이다.

관객들은 트럼프가 자의식을 가지고 말한다고 생각하지 않았고, 고도의 복화술이라 여기며 감탄하는 것 같았다.

쥬가사키 레즈미 씨는 현실 세계와 인계의 갭 사이에서 힘들어하는 준정령들의 심리치료를 맡고 있다. 똑 부러지는 어머니, 같은 느낌이다.

"역시 갭 때문에 힘들어하는 애도 많은 것 같거든~. 특히 실연한 애도 많아. ……그래도 너무 많네. 이제 와서 열 명 스무 명 정도 늘어나도 괜찮지 않아? 함장 씨한테 물어봐야지."

아니, 그건 무리라고 생각하는데요. 그냥 새로운 사랑을 찾아주자고요.

아무튼, 준정령들이 한꺼번에 몰려온 바람에 현실 세계도 난리가 나기는 했다.

하지만 이 세계에는 70억이나 되는 사람이 있으니까, 100명 정도 늘어나도 어떻게든 될 거야! 긍정적으로 생각하자!

그리고 창 씨는 호적을 얻자마자, 가장 먼저 한 것은 예상대로 격투기 도장에 가는 것이다. 물론 그녀는 무명천사와 영장을 가지고 있지 않다. 하지만 이제까지 쌓아온 방대한 전투 경험은 그녀를 순식간에 스타로 만들어줄 것 같았다.

구체적으로 말하자면, 늦어도 반년 안에는 텔레비전 격투 방송에 나올 것 같았다. 무게가 100kg이 넘는 샌드백을 천장까지 날려버리는 미소녀란 존재의 임팩트는 엄청났다. 나라도 스카우트할 거야. 프로모터가 되어줄 거야. 매니저를 맡아줄 거야. 곰곰이 생각해보니 머리…… 아니, 신체 능력이 완전 쿠루미틱(미쳤다 싶을 정도의 무시무시한 레벨이란 의미)한 사람이네.

자, 그리고. 드디어 마지막. 드디어 그 사람과 만나게 된

우리의 토키사키 쿠루미 씨는! 어떻게 됐냐면!!

얼간이가 됐다.

완전 얼간이가 됐다.

그것도 그렇게, 한 달이나 흘렀는데— 아직도, 안 만난 것이다!

내 예상으로는, 현실 세계에 귀환하고 한 시간 안에 덮칠 줄 알았는데! 아직! 아무 짓도! 안 한 것이다!

대체 왜 저러는 걸까.

"……저를 잊었을지도 모른다고 생각하니……."

쿠루미 씨가 풀이 죽은 어조로 그렇게 말하자, 「아니, 쿠루미 씨는 잊고 싶어도 잊을 수 있는 캐릭터가 아니잖아요」하고 반박해서 발끈하게 만들려고 했는데…….

「하지만, 저는 저 말고도 잔뜩 있으니까……」하며, 더욱 풀이 죽어버렸다.

현실세계에 겨우 돌아온 후에 얼간이가 되어버리다니, 정말 쿠루미 씨답지 않다. 아, 그러고 보니 쿠루미 씨 이외의 쿠루미 씨(본체)도 있다고 들었는데, 유감스럽게도 만나지는 못했다.

상대방도 여러모로 바쁜 것 같았다. 그리고 애초에 쿠루미 씨가 인계에 오게 된 이유는 그 쿠루미 씨가 이 쿠루미 씨에게 이리저리 한 탓이기에, 거북하기도 한 것 같았다.

233

뭐, 둘 다 토키사키 쿠루미라고는 해도 인계에서 싸워온 그녀와 여기서 싸워온 그녀는 이미 다른 사람……이라는 건 말이 심하지만, 예를 들자면 평행세계의 자기 자신 같은 존재다.

다른 길을 걸어온 소녀.

같지만, 그 가치관에는 결정적인 차이가 있다.

그러고도 남을 싸움을, 위기를, 모험을, 인계의 쿠루미 씨와 현실세계의 쿠루미 씨는 경험한 것이다.

……자, 하던 이야기를 계속할까요. 얼간이 토키사키 쿠루미, 줄여서 얼간이 쿠루미를 어떻게든 해야 한다.

그걸 위해서라도, 이 웨딩드레스를 이용하도록 하자.

"쿠루미 씨. 전에 예의 그 사람과의 만남에 대한 이야기를 들었는데요. 그때 이걸 입었나요?"

"으음, 뭐…… 저기…… 그러니까…… 네……."

부끄러워하며 고개를 돌리는 쿠루미 씨는 평소와 달라 보였다. 즉, 죽도록 귀여웠다.

이 표정을 보여주면, 그대로 보내버릴 수 있을 것 같은데~. 너무 존귀해서 사망! 같은 느낌으로 말이다.

뭐, 아무튼…….

"그럼, 이 웨딩드레스를 사죠!"

"……What?"

쿠루미 씨가 고개를 갸웃거리자, 한 번 더 곱씹듯이 말했다.

"그러니까, 이걸 사자고요. 웨딩드레스를 산다니, 돈 한번 사치스럽게 쓰네요. 와하하하하."

"아…… 아니, 잠깐만 기다려주세요. 웨딩드레스를 사서 어쩔 거죠?"

"그야 물론, 쿠루미 씨가 입어야죠."

"제가요?! 어째서죠?!"

"그야 뭐, 그걸 입고 덮치러…… 만나러 가면, 분명 떠올려주지 않겠어요? 그래도 떠올리지 못한다면, 가능성이 없는 거예요. 아니, 그 사람에게 비정상적인 사태가 벌어져서 까맣게 잊은 거겠죠. 뭐, 만나본 적이 없으니까 어디까지나 예상이지만……."

음. 내가 왜 그를 옹호하는 발언을 해야 하는 건가 싶어서 속이 부글부글 끓었지만, 일단 그렇게 말했다.

"하, 하지만, 웨딩드레스는 비쌀 텐데요?"

네, 물론 비싸죠. 오더메이드 웨딩드레스의 구입 시세는 50만 정도예요. 고급이면 곱절은 하죠. 그것보다 더 나갈지도 몰라요.

하지만 가격 같은 건 문제 될 것이 없다.

"저, 재능이 있더라고요."

"……무엇에 말이죠?"

"외환거래 말이에요."

"……."

쿠루미 씨는 믿기지 않는다는 표정으로 나를 쳐다봤다. 아니, 진짜거든요? 저도 자신의 다재다능함이 무서워요. 그리고 외환거래에 재능이 있는 준정령이 대체 뭐냐고요. ……인계에서는 아무것도 할 수 없어서 힘들었겠네요…….

"뭐, 그러니까 평소의 답례 삼아 한턱낼게요."

"싫~답~니~다~!"

쿠루미 씨는 허둥지둥 고개를 저었다. 으으, 쿠루미 씨는 금전 관계에 있어 결벽증이 있다니깐. 어쩔 수 없다. 빌려주는 것으로 해야겠다.

언젠가 갚으면 돼요, 하고 말하자 쿠루미 씨는 내키지 않아 하면서도 승낙했다.

그리하여 웨딩드레스를 바로 구매했다. 계산은 일시불로 했다. 누가 봐도 결혼하기에는 어린 연령이지만, 대충 둘러대서 얼버무렸다.

"감사합니다~. 또 이용해 주시는 날을 고대…… 아, 아니에요."

맞아요. 웨딩드레스를 산 손님에게 또 찾아달라고 말하면 안 되죠. 아무튼, 쿠루미 씨는 멍하니 영수증을 쳐다보고 있었다.

(웨딩드레스를 들고 다닐 수는 없으니, 배달을 시켰다.)

"샀어요……. 사버렸어요……."

"자, 이제 돌이킬 수 없다고요!"

환한 미소를 머금으며 그렇게 도발하자, 쿠루미 씨는 질린 듯한 표정으로 웃었다.

"히비키 양은 정말, 정말…… 정말!"

하지만 이걸로 각오를 다진 것 같았다. 사냥감을 노리는 호랑이 같다고 말하면 아마 쿠루미 씨는 화내겠지만, 그런 아우라가 쿠루미 씨의 주위에 감돌고 있었다.

사령관 씨한테도 이야기는 들었다. 예의 그를 노리는 라이벌은 빌어먹게 많다고 말이다. 아마 그 높은 사람도 라이벌 중 한 명이겠지…… 관찰안이 뛰어난 나는 그 점도 간파했다.

그리고 문제는……. 쿠루미 씨는 현재 과거의 히로인이라는 점이다.

현재까지 함께 지내 온 다른 히로인과 비교할 때, 꽤 뒤처진 상태다.

그러니 이참에 확 따라잡는 것이다. 쿠루미 씨라면 이 기회를 이용해 라이벌을 전부 제치고 앞서나갈 수 있다. 웨딩드레스는 모든 여성, 아니, 모든 인류가 동경한다고 해도 과언이 아닌 옷이니 말이다.

"하, 하지만 말이죠, 히비키 양. 그래도 말이죠."

"왜 그러세요?"

"……좀 질리지 않을까요?"

나는 서양 사람 느낌으로 어깨를 으쓱하는 리액션을 취했다.

"잘 들으세요, 쿠루미 씨. 평범하게 예의 그 사람을 만나서 『미안한데 쿠루미. 저기, 어느 쿠루미야?』라는 질문을 듣는 것과, 부끄러움을 참고 웨딩드레스를 입어서 『아하, 그 쿠루미구나!』하고 상대방이 바로 알아봐주는 것 중에서 어느 게 더 기쁠 것 같아요?"

"후자죠! 당연히 후자랍니다!"

"그렇다면! 부끄러워할 때가 아닌 거네요!"

"그, 그래요. 맞는 말이군요!"

"그래요!"

……냉정하게 생각해보니 텐션이 비정상적인걸. 쿠루미 씨만이 아니라 나도 말이야. 웨딩드레스를 입은 쿠루미 씨를 보고 나도 맛이 갔나 봐.

아무튼. 쿠루미 씨는 드디어 결의를 다졌다.

결전은 7월 7일. 바로 칠석이다. 이 날, 우리가 사는 텐구시의 상점가에서는 소소한 축제가 열린다.

쿠루미 씨에게 있어 추억의 날이자, 추억의 장소다.

이 상점가 근처에 있는 조그마한 결혼식장에서, 그녀는 그와 가짜로 결혼식을 올렸다고 한다.

남은 문제는 그를 어떻게 불러내는가, 였다. 하지만…….

"그건 저한테 맡겨주세요."

"어, 맡겨달라고요? 히비키 양에게? 매우 불안한데 말이죠!"

쿠루미 씨는 솔직하게 자신의 심정을 털어놨지만, 나는 자신이 있었다. 자신이랄까, 논리에 따라 인간적으로 호소

한다면 괜찮을 것이다.

만약 그렇게 해도 거절한다면, 나는 절대 용서하지 않을 것이다. 목숨을 거는 한이 있더라도, 쿠루미 씨의 곁으로 그를 끌고 갈 심산이다.

그런고로 전장으로 출발~. 드디어 막이 올랐다. 예의 그는 현재 대학 생활을 구가 중이라고 한다. 즉, 죽어라 한가할 것이다. 대학생에 대한 편견일지도 모르지만 말이다.

"저기~."

나는 만사태평해 보이는 남성에게 말을 건넸다. 그러고 보니 남자와 이야기를 나눠보는 건 처음 아냐?

뭐, 아무래도 상관없다.

"누구시죠……?"

내 얼굴을 본 그 사람은 경악했다. 뭐, 나라도 경악할 것이다. 새하얀 머리카락을 지닌 미소녀가 오드아이인 두 눈으로 노려보는 일 같은 건 흔하지 않을 테니 말이다.

어이, 내가 사랑하는 여자를 꼬드긴 게 형씨냐? 아앙?

"쿠루미……는, 아니구나."

하지만 그가 놀란 이유는 다른 것이었다. 이 사람, 내가 쿠루미 씨를 닮았다고 생각한 것 같았다. 잠깐만, 확실히 그렇긴 해. 지금의 나는 여러 요소가 뒤섞여 있지만, 육체적으로는 사와 양과 여왕의 합체 같은 거잖아. 이야, 좀 멋쩍네. 에헤헤헤헤.

"으음, 무슨 일이시죠?"

그는 망상에 빠진 나를 미심쩍은 눈길로 쳐다봤다. 이럴 때가 아니지. 어험, 하고 나는 헛기침을 했다.

"메시지를 전해달란 부탁을 받았어요."

"아, 네."

"예배당에서 기다리고 있답니다, 라고 전해달라는군요."

응, 필요한 키워드는 이 정도면 충분하다. 오늘이 칠석이라는 건 달려간 보면 알 수 있다. 거기에 예배당이라는 단어가 더해지면, 바로 생각날 것이다. ……생각났지? 이래도 생각 안 난다면, 절대 용서 못 해~.

"……윽!"

반응은 신속했다. 「잠시 나갔다 올게!」 하고 그는 집을 향해 외치더니, 부랴부랴 뛰어갔다. 앞뒤 생각하지 않으며 전력 질주하는 모습을 보니, 나라는 존재를 까맣게 잊은 것 같았다.

"……부우."

그래서 쫓아가기로 했다. 물론 구경꾼 근성 같은 걸 발휘하는 건 아니다. 예의 그가 올바른 장소에 도착할지 확인하려는 것이다.

달리고, 달리고, 달렸다.

한 눈 한 번 팔지 않으며 곧장 뛰어갔다. 발이 엄청 빠른 건 아니지만, 그가 전력을 다해 뛰고 있다는 게 그 힘찬 발

걸음에서 느껴졌다.

　하아. 정말— 재미없다. 재미없지만…….

　"……꽤, 하네요……!"

　여유 넘치는 후방 보호자 행세를 하며, 나도 뒤처지지 않기 위해 뛰어갔다.

　결혼식장에 도착한 그는, 주저 없이 결혼식장 안에 있는 조그마한 예배당으로 향했다. 그리고 양문형 문을 몸통 박치기를 하듯 열어젖혔다.

　물론, 그 자리에는 그 사람이 있다.

　여행하고, 여행하고, 여행한, 이 사람을 만나기 위해 이제까지 여행한 소녀가…….

　축하해요, 쿠루미 씨. 저 사람, 골인했어요.

◇

　웨딩드레스를 입고, 그 사람을 기다린다.

　천 갈래, 만 갈래로 흐트러질 줄 알았던 제 마음은 어째선지 평온했어요.

　그가 오지 않아도 된다, 라는 생각마저 들었어요. 이 마음을 잊지 않는다면 언제든 재회할 수 있고, 그 사람이 저를 기억하지 못해도 상관없어요.

……아뇨, 그건 오만일까요. 저는, 소중한 친구와 함께 여기까지 왔어요. 도달한 거예요.

당신이 없었다면, 저는 옛날옛적에 관뒀겠죠.

그 애가 없었다면, 저는 옛날옛적에 사라졌겠죠.

그러니, 제가 여기 있는 이유 중 절반은 그 아이를 위해서. 남은 절반은, 당신을 위해서랍니다. 전하고 싶은 게 너무 많아서. 절반이라도 전할 수 있을지 걱정이지만.

그래도, 그저 이렇게 만난 것만으로도 기쁘기 그지없답니다.

발소리가 들렸다. 결혼식장에 어울리지 않는, 다급한 발소리…….

저는 문 쪽을 쳐다봤어요. 저는 괜찮을까요. 울음을 터뜨리는 건 아닐까요. 하다못해, 아름답게 화장한 이 얼굴을 보여준 다음에 울고 싶어요.

콰당! 하며 문이 열렸어요.

"아아—."

무슨 말을 해야 할까, 무엇을 전해야 할까. 그런 생각이 전부 사라졌어요.

"쿠루미……!"

그의 목소리는, 왠지 떨리고 있었다. 그건, 역시, 저를, 기억하기 때문이라고 여겨도 될까요?

저는 고개를 끄덕이며 대답했어요.

"네. 토키사키 쿠루미랍니다. …………시도, 씨."

시도 씨, 시도 씨, 시도 씨, 이츠카 시도 씨. 드디어, 드디어 그 이름을, 당신의 이름을, 입에 담았어요.

인계에서는 한 번도 입에 담지 못했고, 이쪽 세계에 돌아온 후에도 입에 담지 못했던, 당신의 이름을……

시도 씨는 무슨 말을 하면 좋을지 모르겠다는 듯이 고개를 저었어요. 하지만, 뭘 해야 하는지 안다는 듯이, 천천히 예배당 안을 걸어서 내 앞에 섰어요.

맹세의 의식은 필요 없어요.

그저, 당신이 제 베일을 걷는 순간을 차분히 기다릴 뿐이에요.

◇

자, 히고로모 히비키가 할 일은 하나 더 있다.

그것은 쿠루미 씨의 얼굴을, 들키지 않을 위치에서 차분히 바라보는 것이다. 딱히 변태적인 의미는 아니다. 사랑을 했고, 사랑에 빠졌고, 사랑을 계속해온 소녀의, 최고로 행복한 표정을. 그것을 이 두 눈으로 보기 위해서, 인계에서 현실 세계로 넘어왔다고 해도 과언이 아니다.

문이 아니라 조그마한 창문으로 몰래, 꾸중 듣지 않도록……

예배당으로 뛰어 들어온 예의 그 남자는 잠시 허둥댔지만, 곧 쿠루미 씨의 얼굴에 드리워진 베일을 살며시 걷어 올렸다.

그리고.

나는 바로 그, 벅찬 행복으로 가득 찬 표정을 두 눈으로 보았다. 부끄러운 듯이, 멋쩍은 듯이, 배시시 웃는 소녀는 똑똑히 보았다.

그가 입을 열었다.

"소원이, 이뤄졌구나."

"네. 오랜 시간이 걸렸지만, 이렇게 이뤄졌답니다."

그리고, 쿠루미 씨는 이렇게 대답했다.

"─아아."

나도 모르는 사이에, 눈물이 났다. 이걸 위해, 이 순간만을 위해 저 사람을 노력하고 또 노력하며, 계속 싸워왔다.

다행이다. 저 사람이, 변치 않아서 정말 다행이다. 저 사람의 헌신이 보답받아서, 정말 다행이다. 정말, 정말 정말 정말……!

들리지 않도록 오열을 참으며, 나는 창가를 벗어났다. 이것은 결코 실연의 아픔이 아니다. 경애하는 친구의 사랑이 보답받은 것에 대한, 감동의 눈물이었다.

실컷 울었더니, 개운해졌다. 결혼식장을 벗어나니, 어느새 해가 지려하고 있었다. 적당한 곳에서 식사를 마칠까. 기왕이면 축제의 노점이라도 둘러볼까 같은 생각을 하고 있을 때, 등 뒤에서 목소리가 들려왔다.

"히, 비, 키, 양~♪"

"헉! 무슨 일이십니까, 토키사키 쿠루미 대령님!"

몸을 회전시키는 것과 동시에 경례하자, 쿠루미 씨는 이 녀석이 또 이상한 것에 빠졌네 하고 말하는 듯한 표정을 지었다. 쿠루미 씨는 이미 웨딩드레스를 벗고, 사복으로 갈아입었다. 이 차림이면 사열을 맞춰서 축제가 열린 거리를 행진하는 것도 괜찮겠단 생각이 들지만, 그건 좀 무리겠죠? 네, 무리일 거예요.

"이번에는 용병이라도 될 생각인가요? 뭐, 그것보다……."

쿠루미 씨는 그녀의 등 뒤에 멀뚱멀뚱 서있는 소년—라기에는 좀 어른스러운 청년을 쳐다봤다.

"시도 씨. 이쪽이 히고로모 히비키 양이랍니다."

어, 소개해주는 거야? 당황한 히고로모 히비키는 청년과 시선을 마주했다.

"히비키 양. 이쪽은 이츠카 시도 씨예요."

아, 다행이다. 이름도 생각이 났구나. 인계에서는 결국 입에 담지 못했던 이름을, 쿠루미 씨는 기쁜 듯이 불렀다.

"으음…… 잘 부탁, 드립니다?"

"하아…… 저야말로 잘 부탁해요."

그리고 일단 서로에게 고개를 숙였다. 명함 교환이라도 할까요. 아, 죄송해요. 명함이 바닥났네요.

"으음…… 너는 쿠루미의……?"

"저는, 으음……."

자, 관계를 어떻게 설명하면 좋을까.

"―친구랍니다."

단호하게, 당혹감이란 실을 단칼에 끊어버렸다― 아니, 쿠루미 씨라면 총알 한 방으로 박살냈다, 라는 표현이 어울릴지도 모른다.

나는 믿기지 않는다는 표정으로 쿠루미 씨를 쳐다봤다. 그녀는 약간 멋쩍은 듯한 표정을 지으며, 다시 한 번 말했다.

"저의 소중한, 둘도 없는, 친구예요."

"쿠루미 씨……."

우와, 아까까지 울었는데 또 눈물이 날 것 같다.

"그렇구나. 잘 부탁해, 히고로모 양."

"네, 저야말로 잘 부탁해요."

푸근한 미소를 머금은 청년이 흔한 인사말을 입에 담았다. 쿠루미 씨는 온화한 표정으로 말을 이었다.

"시도 씨. 저는 참 기나긴 여행을 했답니다. 길고, 경이적이며, 멋질 뿐만 아니라, 슬픈, 그러면서도 즐거운 여행이었죠."

맞아요, 하며 나는 고개를 끄덕였다.

너무나도 긴 여행, 너무나도 멋진 여행, 너무나도 슬픈 여행이었다.

"시도 씨, 오늘 시간 있으세요? 괜찮다면, 저희의 여행 이야기를 들어주셨으면 해요."

"응, 들을게. 아무리 긴 이야기라도 말이야."

"히비키 양도 도와주실 거죠? 저 혼자서 전부 이야기하기에는 기억이 모호한 부분이 있답니다."

"물론이죠! 뭣하면 감독과 각본, 연출, 촬영도 제가 담당할게요!"

"그게 필요해……?"

"필요 없답니다. 히비키 양은 그저…… 맞장구만 쳐주시면 되죠."

"오예, 쿠루미 씨 일본제일! 같은 느낌으로요?"

"그래요. ……그~게~아~니~에~요~."

볼을 꼬집었다. 나는 끄아~ 하며 괴로운 척했다. 그 광경을 본 시도란 사람은 약간 당황한 후에 웃더니, 곧 기쁜 듯한 목소리로 쿠루미 씨에게 말했다.

"좋은 친구가 생겼구나."

"네, 네. 그렇답니다."

멋쩍은 기분을 가슴 속에 품은 채, 나는 내가 좋아하는 사람과 내가 좋아하는 사람이 좋아하는 사람의 옆에 섰다.

조금 쓸쓸하지만, 옆에 있는 저 행복에 찬 표정이 나에게 원하는 게 뭔지 이해한 것이다.

"그럼, 처음부터 이야기하도록 할까요. 제가 어디에 있었냐면―."

그럼, 통쾌한 이야기를 시작하죠.

토키사키 쿠루미와, 히고로모 히비키의, 파란만장한 모험담을.

그럼, 애절한 이야기를 시작하죠.

인계에 사는 소녀들의, 열렬한 싸움을.

그리고, 평범하기 그지없는 인생을 이야기하죠.

토키사키 쿠루미와, 히고로모 히비키의, 평온한 일상을.

걷는 것을 잊지 않으며. 돌아보는 일은 있어도 멈춰서는 일은 없이.

많은 사람의, 많은 인생처럼. 즐거운 것만 기억하고, 괴롭고 슬픈 일은 잊으면서 살아간다.

그런데도, 잊을 수 없는― 기쁨과 슬픔이 가득 담긴 소중한 추억을 가슴에 품은 채. 그 추억이 마음을 아프게 할지라도, 그래서 멋지지 않냐는 듯이 자랑스레 가슴을 펴면서.

우리의 여행은, 아직도 끝날 줄을 모른다.

아아, 그것은 분명. 쏟아진 탄환처럼.

토키사키 쿠루미와, 히고로모 히비키의, 인생(데이트)은 계속된다.

■완결 후기

※주의 본편의 스포일러가 포함되어 있습니다. 본편을 다 읽은 후, 후기를 읽어주세요!

히가시데 유이치로

「데이트 어 불릿」 완결입니다. 네, 완결됐습니다. 그 칠석 날, 좋아하는 사람과 이별한 토키사키 쿠루미는 역시 칠석 날에 귀환했습니다. 본편에서 이츠카 시도와 정령들이 노도 와도 같은 전개를 펼치는 이면에서, 소녀는 누구도 모르는 세계를 여행하고, 싸우며, 잠시 쉬면서, 현실로 귀환하려 했 습니다.

그리고 그 소원은 이뤄졌습니다. 흠잡을 곳 없는, 틀림없 는 해피 엔딩입니다. 인계에 남기로 결정한 준정령도, 그리 고 현실에서 살자고 생각한 준정령도, 각자가 각자의 인생 을 살기 시작했습니다.

행복도 불행도, 그것이 인생이라고 생각하면서. 머나먼 세 계에서 열심히 살고 있을 옛 친구, 전우들에게 성원을 보내 면서 말입니다.

……독자 여러분, 진심으로 감사드립니다!

우선 꽤 느린 페이스로 집필하는데도 끝까지 읽어주신 점, 정말 감사드립니다. 특히 7권과 8권 사이에는 1년 이상의 텀이 있었던데다 본편도 완결되어서(다시 축하드립니다), 송구함 ∞(무한대)입니다.

하지만, 그 사이에도 「데이트 어 라이브」는 인기를 이어갔고, 아마 그 기세는 앞으로도 이어질 겁니다. 정말 놀랍습니다. TV애니메이션도 곧 시작될 것이며, 이 8권과 동시에 발간될 「데이트 어 라이브」 앤솔로지도 있으니까요!

히가시데도 앤솔로지에 참가했으며, 소소한 단편을 집필했습니다. 스포일러를 좀 하자면, 배틀을 합니다. 대체 몇 번째일까요.

감사할 분이 샐 수도 없을 만큼 많습니다만, 그것만으로 후기를 가득 채울 수는 없으니 이쯤에서 끝내겠습니다. 그리고 이 기획의 발단을 이야기할까 합니다. 1권 후기에서도 설명해 드렸습니다만, 완결을 기념해 다시 한번, 같은 느낌으로 말이죠.

「『데이트 어 라이브』 최악 인기 캐릭터, 토키사키 쿠루미가 나와서 배틀을 한다.」

이것이, 스타트였습니다. 그리고 이것이, 최초의 난관이었죠. 본편 작가이신 타치바나 코우시 선생님께서 「사용 가능한 탄환」, 「사용 불가능한 탄환」을 미리 설정해주셨고, 대부분의 탄환이 본편에서 묘사되기에 뜯어고칠 수도 없습니다.

본편에서의 쿠루미는 그야말로 트릭스터…… 그런 만큼, 능력도 계략이나 시간 조작 쪽으로 기울어 있습니다. ……엄청난 힘인 만큼 다루는 게 어렵지 않을까…… 하고 생각했으며, 실제로 스타트 지점에서는 「현재 지닌 힘만 가지고 앞으로 얼마나 싸워나갈 수 있을까」에 대해 고민했습니다. 하지만 2권 즈음부터 「이 탄환의 능력을 응용하면, 이럴 수 있지 않을까?」 같이 연쇄적으로 아이디어가 떠올랐고, 타치바나 선생님께서도 쾌히 허락을 해주시면서, 이 토키사키 쿠루미란 캐릭터의 전투 능력이 빛을 발합니다.

시간을 조작한다, 그림자를 조작한다, 총을 쏜다, 이 세 가지 액션을 이렇게 멋지게 펼치는 그녀가 「데이트 어 라이브」의 숨겨진 실세라는 의심할 여지가 없죠.

덕분에 글을 쓰면서 정말 즐거웠습니다. 즐거웠던 일 하면 편집자님께 「죄송한데, 쿠루미를 매번 코스프레시켜주셨으면 합니다만……」라는 말을 들었을 때는 「어, 아, 네. 그럼 이번에는 이걸로……」 하며 당황했었는데, 나중에 「그런 건가……!」 하며 그 혜안에 전율했습니다. 피규어 숫자가 정말 어마어마하니까요. 코스프레 쿠루미는 매번 저도 모르는 사이에 발표되고, 저도 모르는 사이에 판매되며, 저도 모르는 사이에 히트합니다. 피규어가 안 된 코스프레를 찾는 게 더 어려울 지경이죠.

참고로 코스프레 자체는 「조, 좀 억지스럽지만 이걸로!」 같은 느낌으로 써서 꽤 편합니다만, 고생하시는 건 일러스트레이터이신 NOCO 씨라고 생각합니다. 화낼 거면 편집자님께 화내주세요, NOCO 씨.

그럼 정말 오랫동안……이라고 말하기엔 「데이트 어 라이브」 본편의 절반 정도의 세월입니다만, 함께 해주셔서 감사합니다!

그리고 무엇보다, 본편 완결 애프터 에피소드도 완벽하게 마무리 지으신 타치바나 코우시 선생님께 감사드립니다. 이어서 일러스트를 담당하신 NOCO 씨와 함께, 본편의 일러스트레이터이신 츠나코 씨께도 감사드립니다.

끈기를 가지고 원고를 기다려주신 편집자님께도 감사드립니다.

그리고 무엇보다, 이 후기를 읽으면 만족해주신 독자 여러분께 감사드립니다.

진심으로 감사드립니다.

소녀들의 여행은 끝났지만, 일상은 계속 이어집니다. 그것은 어느 따뜻한 날 오후의, 평온한 졸음처럼…….

히가시데 유이치로

후기

「데이트 어 불릿」완결
축하드립니다!! 히가씨데 선생님.
관계자 여러분, 수고 많으셨습니다!
이 작품에 참여할 수 있어서
정말 기쁩니다.
즐거운 나날을 보내게
해주셔서 정말
감사합니다!

마지막인지라
그릴 기회가
적었던
미소녀 히비키 양
(당나 대비)

■역자 후기

안녕하십니까. 근로청년 번역가 이승원입니다.

『데이트 어 불릿』 8권을 구매해주셔서 진심으로 감사드립니다.

『데이트 어 불릿』, 드디어 완결입니다!

애절한 이별로 데어라 팬들의 기억에 새겨졌던 분신 쿠루미. 그녀가 시도와 한 약속을 지키기 위해 시작된 이 여행에 드디어 마침표가 찍혔습니다.

그야말로 고난과 역경으로 가득한 여행이었습니다. 몇 번이나 포기할 뻔했던 쿠루미가 그 여행을 끝까지 해낼 수 있었던 것은, 시도를 향한 마음뿐만 아니라 항상 곁에서 자신을 도와주는 히고로모 히비키라는 존재 덕분이었을 거라고 생각합니다.

그런 두 사람, 그리고 여행을 하며 인연을 맺은 준정령들이 각자의 길을 선택해 나아갑니다. 그리고 그것을 통해, 등장인물들의 미래를 상상할 여지를 독자 여러분께 남겨두고 있습니다.

이 매력적인 캐릭터들과 이별한다는 사실에 아쉬움을 느끼면서도, 그들을 기다리고 있는 희망찬 내일이 독자 여러분에게 기쁨을 안겨주길 진심으로 빕니다!

　그럼 이만 줄이겠습니다.
　L노벨 편집부 여러분, 재미있는 작품을 완결까지 맡겨주셔서 감사합니다. 앞으로도 최선을 다해 작업에 임하겠습니다.
　시외 버스 타고 밥사주러 우리 동네까지 온 악우여. 오래간만에 같이 먹은 튀김 덮밥은 정말 끝내줬어. 다음에 또 같이 해외 여행 가서 맛난 거 먹으러 가자고!
　마지막으로 언제나 제게 버팀목이 되어주시는 어머니와 『데이트 어 불릿』을 읽어주신 모든 분들에게 진심으로 감사드립니다.
　아직 끝나지 않은 『데어라』 시리즈의 새로운 작품의 역자 후기 코너에서 다시 뵙겠습니다!

2022년 11월 초
역자 이승원 올림

데이트 어 불릿 8

초판 1쇄 발행 2023년 3월 10일

지은이_ Yuichiro Higashide
감수 기획_ Koushi Tachibana
일러스트_ NOCO
옮긴이_ 이승원

발행인_ 신현호
편집장_ 김승신
편집진행_ 권세라 · 최혁수 · 김경민 · 최정민
편집디자인_ 양우연
관리 · 영업_ 김민원

펴낸곳_ (주)디앤씨미디어
등록_ 2002년 4월 25일 제20-260호
주소_ 서울시 구로구 디지털로 26길 111 JnK디지털타워 503호
전화_ 02-333-2513(대표)
팩시밀리_ 02-333-2514
이메일_ lnovellove@naver.com
ㄴ노벨 공식 카페_ http://cafe.naver.com/lnovel11

DATE A LIVE FRAGMENT DATE A BULLET Vol.8
©Yuichiro Higashide, Koushi Tachibana, NOCO 2022
First published in Japan in 2022 by KADOKAWA CORPORATION, Tokyo.
Korean translation rights arranged with KADOKAWA CORPORATION, Tokyo.

ISBN 979-11-278-6769-0 04830
ISBN 979-11-278-4273-4 (세트)

값 8,500원